HEYNE

Das Buch

Karen und ihr Freund Ethan stecken mitten in einer Beziehungskrise. Karen glaubt, dass er sich an die rothaarige Wendy heranmacht. Dabei hat sie schon genug andere Probleme: Ihr älterer Bruder Chris nimmt jede Gelegenheit wahr, sie zu Tode zu erschrecken. Und dann zieht auch noch ihr Cousin Adam in die Nachbarschaft. Und der ist nun wirklich ein seltsamer Typ: schüchtern und verklemmt, hat er doch großen Spaß an Horrorfilmen und anderen gruseligen Geschichten.

Als Karen Ethan und Wendy in der Schule zusammen beobachtet, bricht eine Welt für sie zusammen. Sie verliert die Kontrolle. Doch gerade als sie denkt, es könnte nicht schlimmer kommen, erhält sie einen grauenhaften Anruf: Ein unbekannter Psychopath droht ihr, sie umzubringen. Ist es nur ein böser Scherz, oder muss Karen wirklich um ihr Leben fürchten?

Der Autor

Robert Lawrence Stine wurde 1943 in Columbus/Ohio geboren. Bereits mit neun Jahren entdeckte er seine Liebe zum Schreiben. Seit 1965 lebt er in New York City. Zunächst arbeitete er an TV-Serien und Abenteuergeschichten, seit 1986 aber widmet er sich nur noch dem Horror. Seine »Gänsehaut«-Romane und die Serien »Fear Street« lehrten Millionen Jugendliche das Füchten. Heute ist R.L. Stine einer der produktivsten und erfolgreichsten Autoren der Gegenwart.

Eine Liste der im WILHELM HEYNE VERLAG erschienenen Bücher von R. L. Stine finden Sie am Ende des Bandes.

R. L. STINE

Todesgeflüster

Roman

Aus dem Amerikanischen
von Ingeborg Ebel

WILHELM HEYNE VERLAG
MÜNCHEN

HEYNE ALLGEMEINE REIHE
Nr. 01/13478

Die Originalausgabe
CALL WAITING
erschien 1994 bei Scholastic Inc.

Umwelthinweis:
Dieses Buch wurde auf
chlor- und säurefreiem Papier gedruckt.

Deutsche Erstausgabe 03/2002

Published by arrangement with Scholastic Inc.

Dieses Werk wurde vermittelt durch die
Literarische Agentur Thomas Schlück GmbH,
30827 Garbsen
Printed in Germany 2002
Umschlagillustration: Oliviero Berni/Schlück
Umschlaggestaltung: Hauptmann und Kampa Werbeagentur, CH-Zug
Satz: (3658) IBV Satz- und Datentechnik GmbH, Berlin
Druck und Bindung: Elsnerdruck, Berlin

ISBN: 3-453-19911-1

http://www.heyne.de

1

Karen hatte sich mit Ethan gestritten, und weniger als eine Stunde später fingen diese schrecklichen Anrufe an und jagten ihr Angst ein.

Eine Woche vor dem Streit, an einem Samstagabend – es herrschte klirrende Kälte und es schneite – lenkte Karen Masters ihren blauen Toyota Corolla in die Jefferson Street, die Straße, wo Ethan wohnte. Die Reifen ihres Wagens knirschten über die mit Salz bestreute Fahrbahn, als sie ihn langsam an der Bordsteinkante ausrollen ließ und die Scheinwerfer ausschaltete.

Gerade wollte sie den Motor abstellen, als ihre Freundin Micah Davis nach ihrem Arm griff, um sie daran zu hindern. »Karen, wenn du das tust, läuft die Heizung nicht weiter. Dann erfrieren wir.«

Karen starrte nachdenklich durch die Windschutzscheibe, vor der die Scheibenwischer mit rhythmischem Klicken gegen den fallenden Schnee ankämpften. »Ich weiß«, sagte sie. »Aber mein Tank ist fast leer. Und wenn wir länger warten müssen…«

Micah löste ihren Sicherheitsgurt, damit sie sich ihrer Freundin richtig zuwenden konnte. »Das Ganze ist doch verrückt. Ich weiß nicht, was du hier zu entdecken hoffst«, sagte sie und schüttelte den Kopf.

Trotz des trüben Lichts konnte Karen sehen, dass Micah missbilligend die Stirn runzelte. Die Scheibenwischer kratzten über die Windschutzscheibe. Die Schneeflocken waren groß und feucht. Ehe sie fortgewischt wurden, glitzerten sie im Schein der Straßenlaterne wie Tränen.

»Das weiß ich auch nicht«, entgegnete Karen und seufzte, ihre Hände in Handschuhen auf dem Lenkrad.

»Miserableres Wetter um jemandem hinterher zu spionieren, hätten wir uns nicht aussuchen können«, klagte Micah mit honigsüßer Stimme. »Ich meine es ernst. Das Ganze ist wirklich verrückt, Karen.«

»Das weiß ich auch«, stimmte Karen zu. »Aber ich muss einfach wissen…« Ihre Stimme erstarb.

»Was willst du wissen?«, fragte Micah.

»Ich will wissen, ob Ethan mich belogen hat. Ich will es mit eigenen Augen sehen«, sagte Karen. Sie drehte den Zündschlüssel auf Aus. Die Scheibenwischer blieben abrupt stehen und glitten dann in ihre Ruhestellung zurück. »Die Stille tut gut. Ich kann dieses Geräusch nicht ertragen!«, ereiferte sie sich.

»Du bist ein nervöses Huhn«, beschwerte sich Micah. »Schon seit Tagen bist du so nervös.«

»Daran ist nur Ethan schuld«, behauptete Karen und starrte mit ihren dunklen Augen hinunter auf Ethan Parkers Haus, das am Fuß des sanft geschwungenen Hügels stand, auf dessen Kuppe sie geparkt hatte.

Von dieser Stelle aus konnte sie das weitläufige, im Ranchstil aus Rotholz gebaute Haus und die kurze, zur Garage führende Auffahrt gut überblicken. Eine Lampe über der Haustür warf ein helles Rechteck auf den schneebedeckten Rasen vor dem Anwesen.

»Schau dich doch mal an!«, sagte Micah schneidend. »Wie blass du bist. Und du siehst aus, als würdest du an Magersucht leiden.« Dabei zerrte sie am Ärmel von Karens unförmigem Pullover.

»Es ist doch viel zu dunkel. Wie kannst du da sehen, ob ich blass bin oder nicht?«, entgegnete Karen schrill und riss ihren Ärmel aus Micahs Griff. »Und ich bin nicht magersüchtig. Alle in unserer Familie sind sehr schlank.«

Sie nahm ihre wollene Skimütze ab und schüttelte ihr kurzes, dunkles Haar. Dann sagte sie anzüglich. »Vor allem da wir nicht ständig Schokoriegel verschlingen.«

Denn Micah hatte ein ernstes Schokoriegel-Problem.

»Wenn ich doch jetzt einen hätte«, murmelte Micah. Sie blickte in den fallenden Schnee hinaus. »Ich kann's einfach nicht fassen, dass ich dich heute Abend begleitet habe!«, seufzte sie und strich mit beiden Händen ihr Haar zurück. Sie hatte eine blonde, gelockte Mähne und spielte ständig damit – zupfte daran, rollte die Strähnen um ihre Finger.

Sie fröstelte. »Was glaubst du denn, was wir hier zu sehen kriegen, Karen?«, fragte sie. »Bevor man uns erfroren in diesem Auto finden wird.«

»Ethan hat unsere Verabredung heute Abend abgesagt«, antwortete Karen mit einer Stimme, die ihren Gemütszustand verriet. Sie verschränkte die Arme vor der Brust. »Ich will sehen, ob er mich angelogen hat. Ich will sehen, wann er nach Hause kommt.«

»Und was soll das beweisen?«, fragte Micah. »Wenn er nach Mitternacht heimkommt, ist das etwa ein Beweis dafür, dass er mit Wendy Talbot ausgegangen ist?«

Karen wollte gerade antworten, als das Wageninnere plötzlich durch ein sich von hinten näherndes Auto hell erleuchtet wurde.

»Vielleicht ist er das«, flüsterte Karen.

Die beiden Mädchen glitten tiefer in ihre Sitze.

Die Strahlen der hellen Scheinwerfer huschten vorüber. Der Wagen – ein dunkler Taurus-Kombi – fuhr langsam über die schneeglatte Straße an ihnen vorbei.

»Falscher Alarm«, sagte Karen. Sie warf einen Blick auf die Uhr im Armaturenbrett, konnte aber nichts erkennen, weil die Zündung nicht eingeschaltet war.

Micah setzte sich wieder auf und klopfte mit ihren langen Fingernägeln gegen die Tür. »Weißt du, nur weil du Ethan nach dem Unterricht mit Wendy gesehen hast, bedeutet das noch längst nicht, dass er sich mit ihr verabredet hat.«

»Ich hab's dir doch *erzählt*!«, antwortete Karen verärgert. »Es war die Art und Weise, wie er mit ihr redete. Er beugte sich über sie. Und als die beiden lachten, legte sie ihre Hand auf seine Schulter. Als würde er ihr gehören oder so was.«

»Karen – wirklich!«

»Okay, okay«, murmelte Karen. »Nicht als ob er ihr gehöre. Aber sie hat ihn richtig angemacht. Und ihm gefiel das mächtig.«

»Und wenn schon? Wendy ist nichts als ein Flirt für ihn«, sagte Micah und zuckte mit den Schultern. »Das weiß doch jeder. Und was beweist es?«

»Warum verteidigst du sie?«, fragte Karen, dachte aber sofort: Natürlich muss sie Wendy verteidigen, denn Micah flirtet ständig und mit jedem. Wenn sie mit Jungen redet, legt sie ihnen immer die Hand auf den Arm und steht so nahe bei ihnen, dass es den meisten peinlich ist. Und dann redet sie nicht normal, sondern säuselt nur – zieht diese Show mit ihrer Sexy-Stimme ab.

Eigentlich ist Micah genau wie Wendy, dachte Karen.

Doch sofort schalt sie sich für ihre hässlichen Gedanken. Schließlich ist Micah meine beste Freundin. Und sie ist immer für mich da. Hat sie mich nicht auch jetzt begleitet?

»Ich verteidige sie nicht«, antwortete Micah geduldig. »Ich möchte nur beweisen, dass du verrückt bist!« Sie lachte. »Ich meine, wozu sind wir schließlich befreundet?«

Karen stimmte nicht in das Lachen ihrer Freundin ein. »Begreifst du denn nicht, Micah? Heute ist der erste Samstagabend, an dem ich nicht mit Ethan zusammen bin.«

»Karen…«

»Am selben Tag, als ich ihn mit Wendy Talbot rumblödeln sah, rief er mich an und sagte, dass er Spätschicht im *Sizzler* habe und dass wir uns deshalb am Samstagabend nicht treffen könnten. Und das soll ich ihm abnehmen?«

»Ja«, antwortete Micah schnell. »Karen, du bist krankhaft eifersüchtig. Hör auf damit. Wirklich.«

»Sollte Ethan jemals mit mir Schluss machen…«, fing Karen an. Aber die Worte blieben ihr im Hals stecken. Allein der Gedanke daran war ihr unerträglich.

»Ach, es ist so kalt hier drin!«, klagte Micah laut stöhnend. »Fühl mal meine Nase. Los, fühl mal. Sie ist schon erfroren.«

»Ich kann sie nicht fühlen, ich habe Handschuhe an«, antwortete Karen.

»Ethan trennt sich nicht von dir, weil er mit Wendy Talbot gehen möchte«, versicherte Micah ihrer Freundin. »Aber selbst wenn er das tun sollte, Karen…« Sie packte Karens Ärmel. »Selbst wenn er das tun sollte, ist das doch nicht das Ende der Welt. Oder? Es gibt jede Menge Jungs, wirklich. Deswegen brauchst du doch nicht gleich durchzudrehen – selbst wenn sich Ethan für eine andere interessieren würde.«

Karens dunkle Augen schossen Blitze. »Du weißt etwas! Habe ich nicht Recht?«, beschuldigte sie Micah schrill. »Du weißt etwas über Ethan und Wendy und sagst es mir nicht!«

»Nein! Ich habe keine Ahnung!«, schrie Micah. »Überhaupt keine. Ich weiß nichts. Ich will dir nur helfen. Ich versuche, dich in die Wirklichkeit zurückzubringen, Karen. Du bist hübsch. Du bist intelligent. Und selbst wenn Ethan dich fallen lassen sollte, hast du doch kein Problem…«

»Hör auf!«, schnauzte Karen Micah mit zitternder Stimme an. »Ich will darüber nicht reden.«

Micah senkte den Blick und spielte mit ihrem Glücksbringer-Armband. »Entschuldige«, murmelte sie.

»Nein, ich muss mich entschuldigen«, entgegnete Karen schnell. »Du hast Recht, Micah. Ich bin ein nervöses Huhn. Ich wollte dich nicht anschnauzen. Du bist eine richtig gute Freundin, denn du hast mich heute Abend begleitet. Wirklich.«

Micah fuhr mit dem Finger über die beschlagene Scheibe der Beifahrertür. »Na ja. Da ist noch was... Ich kapier's einfach nicht«, sagte sie sanft. »Ich meine, wenn du glaubst, dass Ethan mit Wendy ausgegangen ist, warum warten wir dann nicht vor Wendys Haus?«

»Ich will die beiden nicht zusammen sehen«, antwortete Karen. »Da habe ich überhaupt keinen Bock drauf. Ich will nur wissen, wann Ethan nach Hause kommt.«

Micah versuchte, in die beschlagene Scheibe ein Guckloch zu reiben. »Jetzt kann man überhaupt nichts mehr sehen!«, beklagte sie sich. »Die Fenster sind zugeschneit, Karen. Wir sitzen hier drin wie in einem Iglu.«

Weil Karen ihren trübsinnigen Gedanken nachhing, hatte sie auf die Worte ihrer Freundin kaum geachtet. Immer wieder stellte sie sich vor, wie Ethan zusammen mit Wendy in seinem geparkten Auto saß. Wie er den Arm um Wendy legte. Wie er sie küsste, während sein Wagen langsam zugeschneit wurde.

»Du hast mir überhaupt nicht zugehört«, sagte Micah vorwurfsvoll und klopfte Karen ein paar Mal auf die Schulter. »He – komm wieder zu dir!«

»Entschuldige.« Karen warf einen Blick in die Runde. »Ich kratze wohl mal besser den Schnee von den Scheiben. Ist mir gar nicht aufgefallen, dass man nichts mehr sieht.«

Sie drückte auf den Knopf, der den Kofferraum öffnete, zog ihre Wollmütze über und stieß die Tür auf. Draußen blies ihr ein kalter Wind nasse Schneeflocken ins Gesicht. »Der Kratzer liegt im Kofferraum!«, rief sie Micah zu.

»Mach die Tür zu!«, schrie Micah. »Es ist saukalt!«

Karen ging zum Heck des Wagens, ihre Stiefel knirschten im Schnee. Die Flocken streiften ihr Gesicht. Weich wie zarte Küsse, dachte sie verträumt. Ethan, wo bist du?

An ihr Auto gelehnt, blickte sie den Hügel hinunter zu seinem Haus. Im hellen Licht der Haustürlampe sah sie den Schnee fallen. Das schräge Dach war weiß und hob sich vom purpurfarbenen Himmel ab. Alle Fenster waren dunkel.

Mit einem Seufzer öffnete Karen den Kofferraum. Als sie den Deckel hochklappte und die spärliche Innenbeleuchtung sich automatisch einschaltete, kam der Körper des Jungen langsam in Sicht.

Er lag zusammengekrümmt mit hinter dem Rücken verschränkten Armen da und starrte Karen aus leblosen Augen an.

Karen öffnete den Mund zu einem Schrei, brachte aber keinen Ton heraus.

Stattdessen entrang sich ihrer Kehle ein entsetztes Stöhnen.

Im trüben Licht des Kofferraums schien sich der Junge zu bewegen. Oder bildete sie sich das nur ein?

»Micah – hilf mir!«, wollte sie rufen, brachte aber nur ein Flüstern heraus, das der Wind sofort verwehte.

Und dann erkannte Karen die kauernde Gestalt. Es war nur eine Puppe. Eine Schaufensterpuppe.

Die blöde Schaufensterpuppe, die ihr Bruder Chris vor Jahren auf dem Schrottplatz gefunden und seitdem in seinem Zimmer aufbewahrt hatte.

Karen stieß einen wütenden Schrei aus. Sie schnappte sich den Schaber und schlug den Kofferraumdeckel so heftig zu, dass der Wagen schaukelte.

Chris und seine dämlichen Streiche! Er wusste, dass sie sich beim Anblick der Puppe zu Tode erschrecken würde, vor allem, weil sie zurzeit so unter Stress stand.

Warum fand Chris es derart lustig, ihr Angst einzujagen? Er war älter, größer und smarter als sie und ging bereits aufs College. Außerdem hatte er unzählige Freunde und eine Menge Freundinnen. Also, warum musste er ihr ständig mit blöden Späßen seine Überlegenheit beweisen?

Das zahle ich ihm heim, dachte Karen. Irgendwie kriege ich ihn schon.

Auf dem Weg zur Windschutzscheibe rutschte sie aus und wäre fast hingefallen. Stolpernd ging sie bis zur Kühlerhaube und klopfte den Schnee von ihrem Pullover. Dann reinigte sie die Scheibe.

Schneeflocken klebten in ihrem Haar, das unter ihrer Wollmütze hervorschaute, und an ihren Wimpern; sie musste zwinkern. Es war so kalt, dass sie trotz der drei übereinander gezogenen Pullover fror.

Und Micah hat Recht, dachte Karen jetzt. Das Ganze ist verrückt. Wir beide hätten uns einen Videofilm ausleihen und es uns zu Hause gemütlich machen sollen. Aber das ging nicht. Ich konnte einfach nicht dasitzen... mit diesem Verdacht im Kopf, dass Ethan mich angelogen hat. Und mir ausmalen, wo er wohl wäre und mit wem.

Als sie die Beifahrerseite säuberte, konnte sie Micah sehen. Ihre Freundin starrte sie fragend an, den Kopf im Mantelkragen vergraben, die Hände in den Taschen.

Ich habe das Zusammensein mit Ethan als etwas Selbstverständliches betrachtet, dachte Karen. Bis heute Abend. Vorher war mir überhaupt nicht klar, wie viel er mir bedeutet. Denn ehe ich ihn kennen lernte und wir letztes Jahr anfingen miteinander zu gehen, war mein Leben leer.

Karen und Micah waren erst seit Beginn des neuen Schuljahrs befreundet. Und bevor Karen mit Ethan ging, war sie sehr einsam gewesen. Drei Jahre zuvor hatten sich ihre Eltern unter eher hässlichen Umständen scheiden lassen, worauf ihr Vater aus dem Haus gegangen war, ohne sich von seiner Tochter zu verabschieden.

Karen war ein gefühlsbetonter und ernsthafter Mensch. Sie versuchte immer, hinter die Dinge zu blicken. Nie gab sie sich nur mit dem äußeren

Schein zufrieden. Sie wollte erkennen, wie die Menschen wirklich waren. Deshalb litt sie unter dem Verhalten ihres Vaters.

Ihrer Mutter schien die Scheidung weniger auszumachen als ihr. Innerhalb von drei Jahren hatte ihr Vater Karen nur zweimal geschrieben.

Da Mrs. Masters ganztags als Abteilungsleiterin in einem Kaufhaus arbeitete und Chris, Karens großer Bruder, sich meistens mit seinen Freunden herumtrieb, war sie jeden Tag in ein leeres Haus zurückgekehrt, nur um sich einsam zu fühlen.

Doch Ethan hatte sie aus ihrer Einsamkeit erlöst. Seine Gesellschaft tat ihr gut. Bei ihm fühlte sie sich wohl, denn er war fröhlich, offen und verspielt. Er wusste, wie man sich amüsierte und bewahrte sie davor, zu ernsthaft und grüblerisch zu werden.

Die beiden unternahmen lange Ausflüge mit dem Fahrrad. Entweder radelten sie den Fluss entlang oder auf den Hügel, der die Stadt dominierte. Sie liebten den Blick von oben, mochten es, wenn die Gebäude unter ihnen wie winzige Spielzeughäuser aussahen.

Sie liebten auch Gesellschaftsspiele – vor allem Trivial Pursuit. Das spielten sie, bis alle Karten schäbig und geknickt waren. Und Karen brachte Ethan Schach bei. Sie genossen lange, verregnete Abende, an denen sie über dem Schachbrett saßen und sich tief in die Augen sahen.

Unzählige schöne Stunden hatten sie miteinander verbracht und waren sich so nahe gekommen. So nahe…

Aber heute Abend hatte Ethan sie wegen Wendy

Talbot versetzt. Karen wusste das. Sie wusste es einfach.

Und jetzt stand sie da auf dem Hügel über seinem Haus, inmitten eines Schneesturms und wartete – wartete auf was?

Plötzlich wurde das Seitenfenster heruntergekurbelt und Karen schrak aus ihren Gedanken hoch. Micah streckte den Kopf zum Fenster heraus. »He! Du brauchst nicht auch noch das Glas wegzukratzen!«

»Ja. Schon gut.« Karen hatte gar nicht gemerkt, dass die Scheibe bereits schneefrei war.

»Komm wieder rein!«, befahl Micah.

Karen setzte sich gehorsam hinters Lenkrad und schlug schnell die Tür zu. Sie ließ den Schaber neben Micah zu Boden fallen. »Du meine Güte. Ich zittere vor Kälte«, sagte sie und klopfte Schnee von ihrer Mütze. »Ich muss die Heizung anschalten. Sollte uns das Benzin ausgehen…«

»Ich habe eine Idee«, unterbrach Micah ihre Freundin. »Warum fahren wir nicht zum *Sizzler*?«

»Wie?« Karen schlang die Arme um ihren Körper, um sich wieder aufzuwärmen. Durch ihr heftiges Atmen beschlug die Windschutzscheibe.

»Fahr zum *Sizzler*«, drängte Micah. »Wenn du Ethan dort bei der Arbeit siehst, geht es dir besser. Und dann fahren wir zu mir nach Hause, machen Feuer im Kamin und wärmen uns auf.«

»Aber… aber…«, stammelte Karen. Ihre Gedanken rasten. »Und wenn mich Ethan entdeckt? Dann weiß er, dass ich ihm hinterherspioniert habe. Oder… was soll ich machen, wenn er nicht da ist, Micah? Wirklich. Ich könnte es nicht ertragen, wenn er nicht da wäre. Ich…«

»Karen, willst du nun die Wahrheit herausbekommen oder nicht?«, fragte Micah.

Diese Frage konnte Karen nicht beantworten, denn sie wusste selbst nicht, was sie eigentlich wollte. »Vielleicht sollten wir einfach nach Hause fahren«, murmelte sie unglücklich.

Micah konnte nicht antworten, weil sich von hinten wieder ein Fahrzeug näherte. Als die Scheinwerfer das Innere des Toyotas erleuchteten, duckten sich beide Mädchen tief in ihre Sitze. Das Auto fuhr an ihnen vorbei und ziemlich schnell über die verschneite Straße den Hügel hinunter. Unten angekommen, leuchteten die Bremslichter auf; der Wagen geriet ins Rutschen und bog dann in die Auffahrt der Parkers ein.

»Das ist er«, murmelte Karen, denn sie hatte sofort Ethans roten Bonneville erkannt.

»Fährt er immer so verrückt?«, fragte Micah und verdrehte die Augen.

»*Pssst!*«, flüsterte Karen. Durch die mit Schneeflocken bedeckte Windschutzscheibe konnte sie Ethan aus seinem Auto steigen sehen, beobachtete im Licht der Lampe, wie er zur Haustür ging.

»Können wir jetzt endlich fahren?«, flüsterte Micah. »Du hast ihn gesehen. Bewiesen ist damit gar nichts. Aber du hast ihn gesehen.«

»Wie spät ist es?«, fragte Karen und starrte noch immer den Hügel hinunter, obwohl Ethan längst im Haus verschwunden war.

»Ich kann das Zifferblatt meiner Uhr nicht erkennen. Dafür ist es zu dunkel hier drin«, antwortete Micah und hielt ihren Arm dicht vors Gesicht.

Karen schaltete die Innenbeleuchtung ein.

»Es ist zwanzig nach elf«, sagte Micah.

»Ich *wusste* es!«, rief Karen verstört. »Er ist mit Wendy ausgegangen!«

»So? Woher willst du das wissen?«, fragte Micah.

»Die Spätschicht im *Sizzler* dauert bis Mitternacht. Er hätte frühestens in einer Stunde zu Hause sein können.«

»Karen!«, erwiderte Micah erbost. »Soll das etwa heißen, dass wir noch eine *Stunde* hier rumgesessen hätten? Ich kann's nicht fassen! Wirklich nicht!«

Karen antwortete nicht. Mit zitternder Hand drehte sie den Zündschlüssel. Der Wagen sprang sofort an. Krachend schaltete sie in den ersten Gang und trat aufs Gas.

»Karen – nicht so schnell! Es ist glatt!«, rief Micah mit schriller Stimme.

Karen kümmerte sich nicht darum. Mit durchdrehenden Reifen schlitterte das Auto im Zickzack den Hügel hinunter. Die Augen zusammengekniffen starrte Karen geradeaus, als die beiden an Ethans Haus vorbeifuhren. Kurz darauf geriet sie ins Schleudern, riss das Lenkrad herum und steuerte dann abrupt dagegen.

»Karen, fahr langsamer! Verdammt noch mal!«

Ich friere nicht mehr, stellte Karen fest. Ich bin so wütend, dass ich die Kälte nicht mehr spüre. Ich bin nur noch wütend. Wütend und verletzt.

»Karen, spinnst du?«, kreischte Micah.

Ohne Vorwarnung war das Innere des Wagens

plötzlich in gleißendes Licht getaucht, und Karen wurde für einen Moment geblendet. Sie hielt den Atem an und hob die Hand, um ihre Augen zu beschatten. Das Licht wurde noch heller, als ein Wagen mit aufheulendem Motor näher kam.

»Fahr langsamer!«

Karen stieg auf die Bremse, aber ihr Toyota rutschte in einer vereisten Fahrrinne auf die Mitte der Straße zu. Sie drehte hektisch am Lenkrad und versuchte, die Fahrtrichtung zu korrigieren.

Ich habe die Kontrolle verloren, dachte sie noch, als das grellweiße Licht sie wie eine Woge überrollte.

»Ich... kann nichts mehr sehen!«

Das Geräusch laut knirschenden Metalls und splitternden Glases erstickte fast ihren Schrei. Beide Mädchen schrien auf, als der Wagen vollständig außer Kontrolle geriet und über die Straße schlitterte.

Karen trat das Bremspedal bis zum Anschlag durch, worauf beide erst nach vorn und dann zurück geschleudert wurden. Das helle Licht verschwand. Es herrschte wieder Dunkelheit. Der Wagen drehte sich halb um seine Achse und blieb in einem Schneehaufen am Straßenrand stecken.

»Ich habe total die Kontrolle verloren«, murmelte Karen.

»Bist du okay?«, fragte Micah. Ihre Stimme zitterte.

»Ja. Ich glaube schon«, brachte Karen mühsam hervor. »Aber ich hab's doch krachen hören...«

»Ich... ich dachte...«, stammelte Micah. Sie zerrte

mit beiden Händen an ihrem seitlich herabhängenden Haar als wollte sie das Leben festhalten.

Karen starrte benommen durch die Windschutzscheibe. »Wir hatten doch einen Unfall, oder? Ist das Auto kaputt?«

Ohne auf eine Antwort zu warten, stieß sie die Tür auf und atmete tief die kalte Luft ein. »Oh, sieh mal.« Sie deutete über die schneebedeckte Straße.

Micah beugte sich vor, um besser sehen zu können. Das andere Auto war gegen einen Telefonmast gekracht.

Daher stammte das fürchterliche Geräusch.

Doch uns ist nichts passiert, dachte Karen dankbar. Uns ist überhaupt nichts passiert. Aber eine innere Stimme warnte sie vor allzu großer Freude. Du *wolltest* einen Unfall bauen!, klagte diese innere Stimme sie an. Du hast dich derart über Ethan geärgert, dass du den Unfall geradezu provoziert hast. Dann schob sie diesen Gedanken schnell beiseite und fragte sich, ob der Fahrer des anderen Wagens unverletzt sei.

Sie sah einen großen Mann aus dem Auto steigen und schwerfällig zu ihnen stapfen. Der Schnee unter seinen Füßen knirschte.

»Sind Sie okay?«, rief er über den pfeifenden Wind hinweg.

Karen wollte aussteigen, wurde aber vom Sicherheitsgurt daran gehindert. »Ja. Uns ist nichts passiert. Aber Ihr Auto…«

»Ein Scheinwerfer ist kaputt, das ist alles.« Der Mann blieb vor Karens Tür stehen. Er trug einen zu großen, schäbigen Pelzmantel, in dem er wie ein

Bär aussah. Schneeflocken bedeckten seine Brille. »Ihnen ist wirklich nichts passiert?«

»Nein. Wir sind nur in den Schneehaufen gerutscht, weil es so glatt ist. Es tut mir Leid, dass...«

»Das war nicht Ihre Schuld«, sagte der Mann. »Ich bin zu schnell gefahren.« Er bedeutete Karen, sie solle die Tür schließen. »Sie können weiterfahren. Ich komme ohne Hilfe nach Hause. Es ist nur ein paar Blocks entfernt.«

Karen beobachtete den Mann, wie er zu seinem Auto zurückstapfte. Sein Pelzmantel blähte sich im Wind. Er stieg in seinen Wagen, schlug die Tür zu und fuhr langsam von der Bordsteinkante rückwärts.

»Soll ich fahren?«, fragte Micah.

Karen spürte, dass ihre Freundin sie prüfend musterte.

»Nein. Ich bin okay«, sagte Karen. »Ich fahre jetzt ganz langsam. Versprochen.« Sie hielt an einem Stoppschild und bog dann vorsichtig nach links ab.

»Na, das war aber ein lustiger Abend«, meinte Micah ironisch.

»Daran ist nur Ethan schuld«, entgegnete Karen, von ihrer Erbitterung überrascht.

»Wie?«

»Daran ist nur Ethan schuld«, wiederholte Karen. »Das kann er mir einfach nicht *antun!*«

»Willst du... willst du darüber reden?«, fragte Micah betroffen.

»Nein, ich glaube nicht«, antwortete Karen leise, die Augen gerade auf die schneebedeckte Straße gerichtet.

2

Karen fuhr Micah nach Hause und dann schnell heim. Als sie ihr Auto in der Auffahrt parkte und durch die Hintertür ins Haus ging, war aus den Schneeflocken Graupel geworden.

Im hinteren Teil des Hauses war es finster. Sie blieb im Flur stehen und zog ihre Wollmütze und ihre Stiefel aus. Die Stiefel stellte sie neben die Tür und streifte mit der Hand den Schnee von ihrem kurzen, dunklen Haar.

Fröstelnd ging sie zur Treppe. Die Tür zum Schlafzimmer ihrer Mutter war geschlossen. Wahrscheinlich ist sie früh zu Bett gegangen, dachte Karen.

Die Tür zum Zimmer ihres Bruders, Chris, war ebenfalls zu. Sie konnte Stimmen aus seinem Fernseher hören. Und Gelächter. Wahrscheinlich lief die Sendung *Saturday Night Live*.

Chris mochte Comedy-Shows. Manchmal lachte er so heftig, dass er Tränen in den Augen hatte und nach Luft schnappte, während Karen dasaß und sich verständnislos fragte, was er so komisch fand.

Als sie an seinem Zimmer vorbeiging, musste sie plötzlich an die Schaufensterpuppe in ihrem Kofferraum denken. Was für ein dämlicher Scherz! Sie spielte mit dem Gedanken, seine Tür aufzureißen und ihm zu sagen, dass er ein blöder Kerl sei.

Chris hatte momentan Semesterferien und folglich viel Zeit. Wie sie noch zwei Wochen und jede Menge ähnlicher hirnrissiger Streiche aushalten sollte, wusste sie nicht.

Noch immer fröstelnd blieb sie zögernd vor seiner Tür stehen. Ihre Hände und Füße waren vor Kälte fast gefühllos. Sollte sie ihn zur Rede stellen? Ach, ich krieche lieber ins Bett, damit ich endlich wieder warm werde, beschloss sie.

Während sie weiter den Flur entlangging, konnte sie noch das Gelächter des Publikums aus dem Fernseher hören. In ihrem Zimmer war es mollig warm. Der Wind peitschte die Graupeln gegen das Fenster. Schnell zog sie die Vorhänge zu.

Dann schlüpfte Karen in ein langes Nachthemd aus Flanell. Ihre Pullover und die schwarzen Leggings legte sie auf den Stuhl neben ihrem Schreibtisch. Ich werde nie wieder warm, dachte sie, weil sie noch immer fror. Nie wieder.

Sie schlug die gesteppte Bettdecke zurück und wollte gerade unter die Zudecke schlüpfen, als das Telefon läutete. Überrascht schreckte sie zusammen und warf einen Blick auf ihren Radiowecker neben dem Bett: zehn nach zwölf.

Wer ruft denn so spät noch an?, fragte sie sich, ging zum Schreibtisch und nahm während des zweiten Läutens ab.

»Hallo? Micah?«

»Nein«, keuchte eine tiefe Stimme. »Dein böser Geist ruft an. Der allerböseste.«

»Wie?« Karen umklammerte den Hörer fest mit ihrer kalten Hand. »Wer ist am Apparat?«

»Dein allerbösester Geist«, wiederholte die tiefe Stimme drohend.

Jetzt lachte Karen. »Oh, hi! Wie geht's dir?«, quietschte sie.

»Gut«, antwortete die Stimme unsicher.

»Adam... seid ihr umgezogen? Seid ihr schon alle in eurem neuen Haus?«, fragte Karen, trug das Telefon zu ihrem Bett und setzte sich im Schneidersitz darauf.

»Ja. Wir sind alle hier«, antwortete ihr Cousin. »Ich kann es noch gar nicht fassen, dass wir wieder in Thompson Falls zuhause sind.«

»Ich kann's auch nicht glauben«, sagte Karen fröhlich. »Jetzt ist es wieder wie früher, als wir noch klein waren. Damals pflegten Mom und Dad...«

»Hast du in letzter Zeit etwas von deinem Dad gehört?«, unterbrach Adam sie.

»Nein. Er schreibt nicht«, murmelte Karen und wechselte dann schnell das Thema. »Wie kommst du zurecht, Adam? Gefällt dir euer neues Haus?«

»Ich weiß nicht recht«, antwortete Adam. »Es macht so komische Geräusche. Es ächzt und stöhnt. Wahrscheinlich spukt es darin. Oder es wurde an einer Stelle erbaut, wo die Indianer früher ihre Toten bestatteten oder so was Ähnliches. Vielleicht werden wir eines Tages alle im Schlaf ermordet.«

Karen kicherte. »Du bist so fröhlich wie immer, Adam«, erklärte sie ironisch.

»Danke. Wie geht's Chris? Gefällt's ihm auf dem College?«

»Du kennst doch Chris«, antwortete Karen. »Es geht ihm gut. Es geht ihm immer gut. Er spuckt große Töne und nimmt alles auf die leichte Schulter.«

»Gehst du noch immer mit diesem langhaarigen Freak«, fragte Adam.

Karen fühlte, wie ihr Gesicht heiß wurde. Momentan hatte sie ganz vergessen, wie wütend sie auf Ethan war. »Meinst du Ethan? Er ist kein langhaariger Freak«, sagte sie abwehrend. »Nur weil er lange Haare hat, heißt das noch längst nicht, dass...«

»Sieht er für dich nicht etwas zu gut aus?«, neckte Adam seine Cousine.

Karen schwieg. Sie hatte keine Lust, sich von ihrem Cousin auf den Arm nehmen zu lassen. Und vor allem hatte sie keine Lust, sich Scherze über Ethan anzuhören.

Sie und Adam waren fast gleichaltrig und besuchten Klassen in der Oberstufe. Da sie zusammen aufgewachsen waren, hatten sie sich ziemlich nahe gestanden, obwohl sie unterschiedliche Interessen nachgingen. Trotzdem hatten sie miteinander gelernt und waren ins Kino gegangen, wenn es nichts Besseres zu tun gab.

Doch dann waren Adam und seine Familie aus Thompson Falls weggezogen.

»Adam, es ist wirklich spät«, sagte sie.

»Mitternacht nennst du spät?« Adam lachte verächtlich, doch plötzlich änderte er seinen Ton. »Karen, tust du mir einen Gefallen?«

»Natürlich. Worum geht es?«

»Montag ist mein erster Schultag. Und ich hasse es, mitten im Schuljahr die Schule wechseln zu müssen. Ich meine, ich habe überhaupt keine Ahnung, wo man was findet. Ich weiß nicht mal, wo ich auf die Toilette gehen kann. Könntest du etwas früher kommen und mit mir einen kleinen Rundgang machen?«

»Klar. Kein Problem«, antwortete Karen. »Wir treffen uns dann kurz nach acht, okay? Direkt am Haupteingang, hinter der Tür.«

»Hey, das ist riesig«, sagte Adam und hörte sich richtig dankbar an.

Karen wusste, dass Adam schüchtern war. Der Schulwechsel jetzt in der Oberstufe musste ihn ziemlich gestresst haben. »Dann mache ich dich mit ein paar Kids bekannt«, versprach Karen ihm. »Du kannst auch meine Freundin Micah kennen lernen.«

»Ja. Okay. Die haben mich wahrscheinlich alle vergessen«, erwiderte Adam mit einem traurigen Unterton. »Ich war ja so viele Jahre weg. Seit der sechsten Klasse...«

Adam war immer etwas sonderbar gewesen, fiel Karen ein. Viele Freunde hatte er nie gehabt.

»Also dann bis Montag früh«, meinte sie gähnend.

»Ja, gut. Und noch mal vielen Dank, Karen. Bis Montag früh.« Er legte auf.

Karen trug das Telefon zu ihrem Schreibtisch zurück und kletterte dann müde ins Bett. Laut seufzend zwang sie sich, nicht an Ethan zu denken.

Ethan und Wendy. Ethan und Wendy.

Mit ihren Gesichtern vor ihrem geistigen Auge, fiel sie in einen traumlosen Schlaf.

3

Am Sonntagmorgen schlief sie lange. Erst kurz nach elf kam sie in ihrem grauen Jogginganzug zum Frühstück herunter.

Chris saß am Küchentisch, den Rücken seiner Schwester zugewandt, und wollte gerade mit seinem Frühstück beginnen. Er trug ein braunes Sweatshirt und ausgeblichene Jeans. Mrs. Masters stapelte schmutzige Teller in die Geschirrspülmaschine.

»Morgen«, murmelte Karen. »Du bist wohl auch erst eben aufgestanden«, sagte sie zu ihrem Bruder.

»Au, mein Auge!«, jammerte er. »Mein Auge! Es läuft aus!«

Er drehte sich um und sah sie an. Auf seinem linken Auge klebte ein Spiegelei.

Karen musste lachen, so komisch sah es aus, auch wenn sie es verabscheute, ihn bei seinen kindischen Scherzen zu unterstützen. »Du tickst nicht richtig«, sagte sie und schlug so fest auf seine Schulter, dass das Ei in seinen Schoß fiel.

»Werd endlich erwachsen, Chris!«, rügte Mrs. Masters ihren Sohn. Die Hände hatte sie auf ihre schmalen Hüften gestemmt und runzelte missbilligend die Stirn. »Ich meine es ernst. Wie kannst du mit neunzehn einen derartigen Blödsinn machen!«

»Ach, das ist ganz einfach«, antwortete Chris und

zwinkerte Karen zu. Er nahm das Spiegelei und klatschte es wieder auf seinen Teller. »Willst du mein Ei?«, fragte er seine Schwester. »Es ist kaum benutzt.«

»Möchtest du Eier?«, fragte Karens Mutter und schloss den Geschirrspüler.

»Hm… nein, danke. Ich glaube, ich mache mir einen Maiskuchen oder so was«, sagte Karen.

»Einen Maiskuchen? Seit wann bist du denn ein solcher Gesundheitsapostel?«, scherzte Chris.

»Ich fahre jetzt schnell zum Einkaufszentrum«, sagte Mrs. Masters und trocknete sich die Hände ab. Sie sah wie Karens ältere Schwester aus. Beide Frauen hatten denselben zarten, blassen Teint, dieselben dunkelbraunen Augen. Das gleiche braune Haar und denselben zarten Körperbau, sodass sie fast zerbrechlich wirkten. »Sonntag ist der einzige Tag, an dem ich einkaufen kann.«

»Arme Mom«, meinte Chris und grinste seine Mutter an. Seine Zähne waren mit Eigelb verschmiert.

»Mach dich über mich nicht lustig«, schimpfte Mrs. Masters und gab ihrem Sohn einen spielerischen Klaps auf den Hinterkopf, als sie am Tisch vorbeiging.

Chris rieb sich den Kopf. »Manchmal ist es richtig langweilig, immer nur Karen zu bevormunden.« Er wandte sich an seine Schwester. »Hast du vielleicht irgendwo meine Puppe gesehen?«

»Ach, lass mich in Ruhe, Chris!«, sagte Karen wütend. »Du hast mich mit diesem Ding gestern Abend zu Tode erschreckt!«

Chris lachte schadenfroh. »Die Leiche im Kofferraum!«, rief er und ahmte dabei die schaurige Stimme eines Monsters nach.

»Du bist überhaupt nicht komisch. Wirklich. Du gehst mir nur wahnsinnig auf die Nerven.«

Ihr Frühstück – zwei mit Erdbeermarmelade gefüllte Maisschnitten und ein Glas Preiselbeersaft – nahm sie am Spülbecken stehend ein. Dann machte sie es sich auf dem Sofa im gemütlichsten Zimmer des Hauses bequem, dem ehemaligen Arbeitszimmer ihres Vaters, um mit Micah zu telefonieren.

Die beiden redeten zuerst über den Verlauf des gestrigen Abends, dann erzählte Karen von ihrem Cousin Adam. »Er ist mit seiner Familie in ein altes Haus in der Monroe Street gezogen. Nur drei oder vier Blocks von hier. Ist das nicht verrückt? Als er in der sechsten Klasse war, ist seine Familie von hier fortgezogen, und ab morgen geht er wieder in unsere Schule.«

»Ja, das stimmt. Er ist verrückt!«, rief Micah. Doch sie korrigierte sich schnell. »Ich will dich nicht beleidigen, Karen. Schließlich ist er dein Cousin. Aber er ist wirklich verrückt.«

»Er ist nicht verrückt«, beteuerte Karen. »Er ist nur schüchtern... er ist furchtbar schüchtern.«

Micah schwieg kurz. Dann sagte sie. »Liest Adam noch immer diese alten Horror-Comics und schaut er sich noch immer Horrorfilme an? Damals hat er doch nichts anderes gemacht.«

»Das weiß ich nicht«, antwortete Karen. »Schließlich habe ich ihn seit einer Ewigkeit nicht mehr gesehen. Ich weiß nur, dass er damals hinter allem möglichen Horror-Zeug hinterher war. Das hat ihn richtig fasziniert. Kannst du dich noch an das Halloween-Kostüm erinnern, in dem er aufkreuzte, als wir in der fünften Klasse waren? Und den grünen Schleim, der ihm aus Mund und Nase quoll? Das war richtig unheimlich.«

»Mir war der ganze Typ immer ein wenig unheimlich«, gestand Micah. »Aber vielleicht hat er sich ja geändert.«

»Ich möchte, dass du nett zu ihm bist«, wies Karen ihre Freundin an, während sie die Telefonschnur um ihr schlankes Handgelenk wickelte. »Er kennt hier niemanden. Kannst du dir das vorstellen? Du bist im letzten Schuljahr und musst alle deine Freunde verlassen!«

»Ich halte ihn noch immer für verrückt«, entgegnete Micah. »Aber ich will mir Mühe geben, nett zu ihm zu sein. Er kriegt eine Chance. Vielleicht ist er ja ein netter Kerl geworden.«

Karen hörte plötzlich ein Geräusch durchs Telefon, das wie ein lautes Läuten klang. »Um Himmels willen, was ist denn das?«, fragte sie.

Micah stöhnte. »Mein Vater hat so eine scheußliche Uhr mit Glockenspiel gekauft. Die legt jede Stunde los. Ein entsetzliches Ding, aber er liebt sie. Ich glaube, es ist jetzt zwölf Uhr.« Sie rief ihrer Mutter etwas zu und fragte dann Karen. »Hast du schon etwas von Ethan gehört?«

Karen befreite sich von dem um ihr Handgelenk gewickeltes Kabel und richtete sich auf. »Nein. Noch nicht. Du kennst doch Ethan. Sonntags schläft er gern bis Mittag.«

»Und geht's dir heute besser? Ich meine, regst du dich nicht mehr so auf?«

»Nicht mehr ganz so«, antwortete Karen. »Ja. Es geht mir besser. Wirklich.«

Was sie fühlte, wusste sie nicht, denn sie hatte sich die größte Mühe gegeben, Ethan aus ihren Gedanken zu verbannen.

»Ich habe mir gestern Abend richtig Sorgen um dich gemacht«, erwiderte Micah mitfühlend. »Du hast dich benommen, als wärst du gar nicht mehr du selbst. Die ganze Idee, Ethan hinterher zu spionieren – das war doch verrückt. Und wie du dann gefahren bist. Ich... ich...«

»Mir geht's heute viel besser«, sagte Karen. »Du brauchst dir keine Sorgen zu machen. Vor dem Einschlafen habe ich noch nachgedacht. Weißt du, zu welchem Schluss ich gekommen bin?«

»Nein. Sag schon!«

»Dass ich viel zu wichtig für Ethan bin. Er würde nie mit Wendy Talbot ausgehen. Ich weiß nicht, was ich mir da zusammengesponnen habe. Aber ich weiß, dass ich mir sicher sein kann. Ich weiß, wie viel Ethan und ich einander bedeuten. Und ich weiß, dass Ethan mir das nie antun würde.«

Karen warf einen Blick zur Tür und stieß einen Schrei der Überraschung aus, denn in diesem Moment betrat Ethan zögernd den Raum, einen gequälten Ausdruck im Gesicht.

Wie lange hat er schon zugehört?, fragte sich Karen, noch immer den Hörer am Ohr. »Ethan, was tust du hier?«, fragte sie, unfähig ihre Überraschung zu verbergen.

Er senkte den Blick, weil er sie nicht ansehen wollte. »Oh... Karen... wir müssen miteinander reden.«

»Micah, ich rufe dich später noch mal an«, sagte Karen und starrte Ethan eindringlich an. Sie legte den Hörer auf und erhob sich. »Hi, Ethan.«

»Hi.« Er schlenderte zur Couch und vermied noch immer ihren Blick. Dann zog er seine Jacke aus und vergrub die Hände in den Taschen seiner ausgebeulten, verblichenen Jeans. Über seinem weißen T-Shirt trug er einen zu großen hellblauen Pullover mit V-Ausschnitt. Das lange schwarze Haar fiel ihm bis zu den Schultern; ein Ohrläppchen schmückte eine schmale Creole aus Silber.

»Chris hat mich reingelassen«, erklärte er verlegen und ließ sich in den großen, der Couch gegenüber stehenden Lehnstuhl fallen.

Karen setzte sich langsam wieder hin. Verkrampft hockte sie am Sofarand. »Wo warst du gestern Abend? Ich habe dich angerufen«, log sie.

»Ich habe es dir doch erklärt«, antwortete er ungehalten. »Ich musste für Ernie, den neuen Hilfskellner einspringen. Er hatte sich krankgemeldet. Deshalb musste ich seine Schicht übernehmen.« Ethan fuhr sich mit der Hand durch sein langes Haar. »Ich war erst kurz nach elf wieder zu Hause.«

»Nach elf? Endet die Schicht nicht erst um zwölf?«, fragte Karen und zupfte nervös am Ärmel ihres grauen Sweatshirts herum, auch wenn sie versuchte, ihrer Stimme einen möglichst beiläufigen Klang zu geben.

»Wegen des vielen Schnees war das Restaurant so

gut wie leer«, antwortete Ethan. »Deshalb durfte ich eher gehen.« Er seufzte. »Ich würde diesen Job am liebsten hinschmeißen. Aber da mein Dad im Augenblick keine Arbeit hat… Du weißt ja, wie das ist.«

Karen nickte und starrte Ethan weiterhin eindringlich an. Er ist nervös, dachte sie. Doch wie gut er aussieht. Was für schöne, dunkle Augen er hat. Und diese breite Stirn. Ich wünschte, er würde lächeln. Ich liebe dieses Lächeln.

Aber warum ist er gekommen? Warum regt er sich so auf? Das ist überhaupt nicht seine Art. Und worüber will er mit mir reden? Will ich das denn wissen? Vielleicht will ich gar nicht hören, was er mir zu sagen hat.

Vor Angst krampfte sich ihr Magen zusammen und ihre Nackenmuskeln verspannten sich. Wenn sie unter Stress stand, bekam sie sofort einen steifen Nacken.

»Worüber möchtest du mit mir reden?«, fragte sie behutsam.

Ethan zögerte. Langsam hob er den Kopf und sah sie an. »Na ja, ich…«

Da läutete es an der Tür, und Ethan lachte nervös.

Karen wartete kurz, ob Chris den Besucher ins Haus lassen würde. Doch als sie keine Schritte hörte, eilte sie selbst zur Haustür und öffnete sie. »Ach, du bist's. Hi.«

»Wie geht's dir, Karen?«, fragte Jake, Ethans bester Freund. Sie trat zur Seite, damit er hereinkommen konnte. Jake war ein großer, schlacksiger, rothaariger Bursche mit langen Armen. Karen musste immer an einen Grashüpfer denken, wenn sie ihn sah.

Inzwischen war Ethan zu den beiden in den Flur getreten. »Hey, da bist du ja!«, begrüßte Jake seinen Kumpel mit seiner rauen Quäkstimme. Die klang so komisch, dass ihm die Kids deswegen den Spitznamen »Frosch« gegeben hatten.

»Mann, seit einer Ewigkeit versuche ich, dich aufzuspüren«, sagte Jake zu seinem Freund. »Bis mir deine Mom den Tipp gab, du könntest hier sein.«

»Ja, und was willst du von mir?«, fragte Ethan überrascht.

Jake holte eine abgegriffene, schwarze, lederne Brieftasche aus seinem Mantel und hielt sie ihm hin. »Hier, Mann. Das ist deine. Du hast sie gestern Abend bei mir zu Hause liegen lassen.«

Karen konnte nicht an sich halten. Wütend drehte sie sich zu Ethan um und keifte schrill. »Was? Du warst gestern Abend bei Jake?«

Ethan wurde puterrot. »Nein… hmm…«

Noch immer hielt Jake die Brieftasche Ethan hin. Er schnappte sie sich und rammte sie in die Gesäßtasche seiner Jeans. Karen sah, dass er Jake einen wütenden Blick zuwarf. Was hatte Ethan gestern Abend bei Jake gemacht?, fragte sich Karen. Warum hat er unsere Verabredung abgesagt und mir vorgelogen, er müsse arbeiten, wenn er zu Jake wollte?

»Ich… ich habe Jake auf dem Weg zur Arbeit nur mal schnell besucht«, sagte Ethan schließlich, wobei er noch mehr errötete.

Jake nickte schnell, doch es sah nicht überzeugend aus.

Ethan ist ein miserabler Lügner, dachte Karen und fühlte sich ganz elend. Warum lügt er mich an? Früher hat er mich nie belogen! Sie wappnete sich und atmete tief ein, denn sie hatte beschlossen, die Wahrheit aus ihm herauszuholen.

»Hey, Jungs!«, wurde sie da von Chris unterbrochen. Er kam die Treppe herunter und lehnte sich gegen das Geländer. »Wie geht's?«

Die beiden begrüßten Chris hocherfreut und Karen dachte: Ethan scheint richtig glücklich über die Unterbrechung zu sein.

»Hey, kommt doch nach oben, in mein Zimmer«, drängte Chris die anderen, ein teuflisches Grinsen im Gesicht. »Dann könnt ihr zuhören, wenn ich gleich dieses Girl anrufe, das ich vor kurzem kennen gelernt habe.«

»Und da sollen wir dabei sein?«, fragte Jake verwirrt.

»Wie soll das denn ablaufen?«, meinte Karen leicht angeekelt. »Du rufst sie an und stöhnst dann in den Hörer? Ist das deine Masche?«

»Komm schon, das würde ich nie tun«, erwiderte Chris gekränkt und winkte den anderen, ihm zu folgen. »Ihr werdet's schon sehen. Die Geschichte ist wirklich lustig. Aber ihr dürft nicht lachen, okay? Die Tussi darf euch nicht hören.«

Ethan lief sofort hinter Chris her. Er hatte es so eilig, dass er zwei Stufen auf einmal nahm.

Er will auf keinen Fall mit mir allein sein, dachte Karen, denn ich habe ihn bei einer Lüge erwischt. Und jetzt ist er froh, dass ihn mein dämlicher Bruder aus seiner peinlichen Lage befreit hat.

Auch Jake stieg jetzt die Treppe hoch. Er drehte sich nach Karen um. »Kommst du?«, rief er mit seiner rauen, kratzigen Stimme.

»Ich kann die blöden Scherze meines Bruders nicht ausstehen«, antwortete Karen seufzend. »Aber ich komme trotzdem.«

Als Karen das Zimmer von Chris betrat, wählte er bereits. Er beugte sich über seinen Schreibtisch, wobei ihm sein helles Haar in die Stirn fiel. Den Hörer am Ohr grinste er seine Schwester an.

Ethan setzte sich auf die Kante von Chris' ungemachtem Bett. Jake lehnte am Einbauschrank und Karen stand in der Türöffnung, den Blick auf Ethan gerichtet.

Die Anrufe von Chris sind total blöde, dachte Karen stirnrunzelnd. Ich kann nicht begreifen, was er daran witzig findet.

»Hallo? Spreche ich mit Sara Martin, ja?«, fragte Chris mit verstellter, tiefer Stimme. Sein teuflisches Grinsen wurde noch breiter. »David Reston am Apparat, ich bin Ihr Professor für Vergleichende Literaturwissenschaft.«

Jake stieß ein schrilles Gekicher aus, worauf Chris den Zeigefinger an die Lippen legte und ihm Schweigen gebot.

»Ich freue mich, dass Sie meinen Kurs belegt haben, Sara«, fuhr Chris mit möglichst tiefer Stimme fort, »aber ich muss Ihnen leider eine wenig erfreuliche Mitteilung machen.«

Chris schwieg und hörte zu, was ihm die überraschte Studentin zu sagen hatte.

»Ich fürchte, ich habe Sie erwischt«, sprach Chris

mit verstellter Stimme weiter, »denn Ihr letztes Referat haben Sie weitgehend abgeschrieben.«

Jake schlug mit der Hand gegen seine Stirn und unterdrückte mit Mühe seinen Drang, laut aufzulachen. Ethan grinste breit.

Ich finde das Ganze überhaupt nicht komisch, dachte Karen. Sie stand steif in der Tür und hatte die Arme über der Brust gekreuzt. Das ist gemein. Chris kann richtig gemein sein.

»Entschuldigen Sie, Sara«, redete Chris weiter, »aber ich weiß, von wem Sie abgeschrieben haben. Sie glauben doch nicht im Ernst, dass Sie damit einfach durchkommen, oder?«

Die Arme, dachte Karen. Sie muss außer sich sein.

»Leugnen ist zwecklos«, sagte Chris. »Ich weiß, dass Sie von diesem Genie, von Chris Masters, abgeschrieben haben.«

»Wie soll man das noch aushalten?«, sagte Karen laut und verdrehte die Augen.

Doch schon brach Chris in schallendes Gelächter aus. »Ja. Ich bin's. Hi, Sara. Du hast geglaubt, Reston wäre am Apparat, oder?«

Auch Ethan und Jake bogen sich jetzt vor Lachen. Nur Karen nicht. Sara hätte sofort auflegen sollen, dachte sie. Warum macht sie dieses blöde Spiel nur mit?

Jetzt wedelte Chris mit der Hand und bedeutete den anderen, aus seinem Zimmer zu verschwinden. Er wollte mit Sara ungestört reden.

Noch immer kichernd folgten Ethan und Jake Karen die Treppe hinunter.

»Dein Bruder ist total lustig«, sagte Jake zu Karen.

»Ha, ha«, antwortete Karen ironisch. »Du musst ja nicht mit ihm unter einem Dach leben.« Am Fuß der Treppe blieben die drei stehen. »Wisst ihr, was er heute Morgen gemacht hat?«, fragte Karen. »Er hat sich ein Spiegelei aufs Auge geklatscht.«

Ethan und Jake lachten.

»Ihr findet das *komisch*?«, fragte Karen. »Ich finde es einfach nur dämlich. Saudämlich.«

Doch die beiden Jungen lachten wieder. Dann wurde Ethan ernst. Karen sah, wie das Funkeln in seinen braunen Augen erlosch.

Jake ging zur Tür.

Karen blieb keine Wahl. Sie musste herausfinden, was Ethan bedrückte.

»Ethan, warum bist du gekommen?«, fragte sie und ihre Stimme zitterte. »Worüber wolltest du mit mir reden?«

Mit einer schnellen Bewegung des Kopfs warf Ethan sein langes Haar nach hinten. Jake öffnete die Haustür. »Komm jetzt, Ethan«, sagte er und zog seinen Freund am Ärmel. »Du hast versprochen, mir beim Schneeschaufeln zu helfen.«

»Ach ja«, entgegnete Ethan. Er nahm seine Jacke und sah dann Karen an. »Ich... ich rufe dich später an. Okay?«

»Bis dann!«, rief Jake Karen zu und öffnete die Haustür; die beiden Jungen gingen nach draußen.

Karen sah ihnen nach, wie sie durch den Schnee zu Ethans rotem Bonneville stapften. Jake beugte sich mit seinen langen Armen hinunter und raffte mit beiden Händen so viel Schnee wie möglich zusammen, den er Ethan einfach über den Rücken warf. Doch zu Karens Überraschung reagierte ihr Freund nicht auf die Attacke. Er ging einfach weiter.

Irgendetwas musste ihn aus der Fassung gebracht haben, das wusste Karen, denn er reagierte nicht normal.

Hatte er sie besucht, um ihr zu erzählen, dass er mit ihr brechen und mit Wendy Talbot ausgehen wollte? Und hatte ihn dann der Mut verlassen?

Die Kälte kroch durch die Glastür des Windfangs, deshalb schloss Karen die Haustür. Doch das Hinausstarren in den Schnee hatte sie geblendet und sie machte kurz die Augen zu, um sich an das Halbdunkel im Flur zu gewöhnen. Dann ging sie in die Küche. Sie wollte mit Micah telefonieren und ihre Freundin bitten, herüberzukommen.

Gehorsam erschien Micah eine halbe Stunde später. Sie trug einen dicken weißen Pullover und schwarze Leggings. Ihr dickes blondes Haar hatte sie zu einem Pferdeschwanz gebunden.

Micah legte sich auf die Couch im Arbeitszimmer und umklammerte ein Kissen. Karen saß mit gekreuzten Beinen auf dem Teppich, an einen Sessel gelehnt.

»Karen, du darfst das alles nicht so tragisch nehmen«, schalt Micah. »Wahrscheinlich hast du dir die ganze Geschichte nur eingebildet.«

»Nein, das habe ich nicht«, beharrte Karen finster. Sie rieb sich den Nacken, denn schon wieder machte sich die Verspannung bemerkbar.

»Meinst du wirklich, dass er gekommen ist, weil

er dir beichten wollte, dass er sich für Wendy interessiert?«, fragte Micah, warf das Kissen in die Luft und fing es wieder auf.

»Er hat so komisch ausgesehen«, antwortete Karen. »Du weißt doch, wie locker Ethan sonst immer ist. Aber heute nicht. Er war total daneben.«

Wieder warf Micah das Kissen hoch und ließ es dann auf ihren Bauch fallen. »Wahrscheinlich ist er nur müde weil er so spät noch gearbeitet hat.«

Karen seufzte. Sie starrte auf ihre weißen Wollsocken. Als sie schließlich antwortete, klang ihre Stimme schrill und wütend. »Wenn Wendy versucht, mir Ethan wegzunehmen, bringe ich sie um! So wahr ich hier sitze!«

»Wow!« Micah setzte sich abrupt auf, warf mit dem Kissen nach ihrer Freundin und traf sie an der Schulter. »Hör auf, solchen Mist zu reden!«

»Das ist mein voller Ernst!«, beharrte Karen. »Wenn Ethan ihretwegen mit mir Schluss macht...«

»Hör dir doch mal selber zu«, unterbrach sie Micah, mit ihren grünen Augen die Freundin fixierend. »Merkst du denn nicht, wie verrückt das klingt?«

»Das ist *nicht* verrückt!«, protestierte Karen so schrill, dass sie ihre eigene Stimme nicht wieder erkannte.

»Wie alt bist du eigentlich, Karen? Siebzehn, wie ich? Oder?«

Karen nickte.

»Wir sind erst siebzehn«, fuhr Micah nachdrücklich fort, »und wir werden noch mit einer Menge Jungs ausgehen.«

»Nein! Ich will Ethan!«, schrie Karen. Sie nahm das Kissen vom Boden und schleuderte es gegen die Wand. »Ich will Ethan – und sonst niemanden. Ich bringe Wendy um. Das ist mein voller Ernst, Micah. Ich bringe Wendy um! Das tue ich wirklich!«

4

Montag früh wachte Karen zeitig auf. Sofort ging sie zum Fenster. Endlich hatte der Himmel aufgeklart. Über den kahlen Ästen der Bäume stand rot die Morgensonne.

Schnell zog sie sich an: Jeans und einen Pullover über zwei T-Shirts. Dann bürstete sie flüchtig ihr dunkles Haar, musterte ihr blasses Gesicht im Spiegel der Frisierkommode und eilte nach unten.

Adam wartet darauf, dass ich ihm die Schule zeige, fiel ihr ein. Vielleicht konnte sie danach noch Ethan abpassen und mit ihm reden, bevor sie alle in ihre Klassenzimmer gingen.

Sie stürzte ein Glas Orangensaft hinunter, ihr normales Frühstück, und hörte, wie sich ihre Mutter in ihrem Schlafzimmer für die Arbeit fertig machte.

Als sie sich auf einen Hocker setzte und in einen der Stiefel schlüpfte, die sie neben die Küchentür zum Trocknen hingestellt hatte, schrie sie laut auf.

»Chris – ich hasse dich! *Ich hasse dich!*«, kreischte sie, ließ den Stiefel fallen und zerrte an ihrer nassen Socke.

Ihr Bruder hatte beide Stiefel mit Schnee voll gestopft.

»Du Scheißkerl! Du blöder Scheißkerl!«, schrie sie und spürte, wie heiße Tränen über ihre Wangen rannen.

Wie auf Kommando tauchten Chris und ihre Mutter gleichzeitig im Türrahmen auf.

»Karen... was um Himmels willen...«, rief Mrs. Masters, die dunklen Augen nur noch schmale Schlitze.

Karens Schultern bebten. Sie versuchte, mit Schluchzen aufzuhören. Vergeblich. »Das ist überhaupt nicht lustig!«, keuchte sie und deutete auf ihre Stiefel.

»Chris, was soll das? Warum weint deine Schwester?«, fragte sie ungehalten ihren Sohn.

»Es war doch nur ein Scherz, Mom«, antwortete Chris schulterzuckend. »Schau sie dir doch mal an. Karen hat völlig durchgedreht. Sie ist einfach ausgerastet.«

Als Karen in die Schule kam, wartete Adam in der Eingangshalle bereits auf sie. Zur Begrüßung schenkte er ihr ein Lächeln, seine dunklen Augen hinter der schwarz umrandeten Brille leuchteten.

Karen fand ihn noch schlanker als sie ihn in Erinnerung hatte. Das rostrote Haar war sehr kurz geschnitten und bedeckte wie eine Kappe seinen Kopf; sein Gesicht war mit zahllosen kleinen Sommersprossen übersät. Er trug ein locker sitzendes graues Sweat-Shirt mit Kapuze und schwarze Jeans.

Karen hängte ihren Mantel in ihren Spind und führte Adam dann durch die Schule. Sie begann mit der Turnhalle und dem Speisesaal im Souterrain und hörte mit der Schreinerwerkstatt im Erdgeschoss auf.

»Wie gefällt dir die Franklin High bis jetzt?«, fragte sie.

Adam zuckte mit den Schultern. »Ganz gut.«

Er scheint sich nicht geändert zu haben, dachte Karen; noch immer ist er so schüchtern und sonderbar. Ich kenne ihn jetzt seit wir Kinder waren, aber er verhält sich so zurückhaltend, als hätten wir uns vorhin zum ersten Mal gesehen.

»Ich muss mir nur merken, dass die Turnhalle und der Speisesaal im Keller sind und dass die Aula oben ist«, sagte er und kratzte sich am Kopf.

»Ich hatte keine Zeit mehr, dir die Unterrichtsräume für Physik, Chemie und Biologie oder den Computer-Raum zu zeigen«, sagte Karen und warf einen Blick auf die große Uhr in der Halle. »Die befinden sich alle im dritten Stock.«

Die Halle war jetzt voller Schüler und Schülerinnen, die zu ihren Spinds und dann in ihre Klassenzimmer eilten. »Ich bringe dich in dein Klassenzimmer!«, rief Karen über den Lärm der Kids hinweg. »Dann treffen wir uns später. Ich möchte, dass du meine Freundin Micah kennen lernst.«

Adam nickte.

»Dein Klassenzimmer ist da drüben«, sagte Karen, als sie den Flur entlanggingen.

Plötzlich entdeckte sie Ethan und blieb abrupt stehen.

Er trug seine blaugraue Franklin-High-Jacke, hatte seinen Schulsack über die Schulter geworfen und redete mit jemandem, den Karen durch die Menge zuerst nicht sehen konnte.

Karen verrenkte den Kopf.

Er redete mit Wendy Talbot; sie lachten zusammen. Und Wendys Hand lag auf seinem Arm.

Also stimmt es, dachte Karen und unterdrückte ein Schluchzen. *Es stimmt.*

Das Bild der vielen Kids um sie herum wurde unscharf. Verschwamm. Das Lachen und Rufen wurde leiser. Verstummte. Dunkelheit senkte sich wie ein schwerer Vorhang auf sie herab.

Ich bin allein, dachte sie. Alle anderen sind verschwunden.

Alle.

Dann kamen die Stimmen langsam zurück. Zuerst leise, bis sie so laut wie vorher waren. Die Dunkelheit wurde heller. Jemand rammte Karens Schulter. Ein Mädchen rief. »Michael! Michael! Hat jemand Michael gesehen?«

Doch Karen hatte nur für Ethan Augen. Er und Wendy wandten sich von ihr ab und gingen nebeneinander her in die andere Richtung, bis sie um eine Ecke verschwanden.

»Karen – bist du okay?«, fragte Adam. »Karen?«

Sie starrte den Gang hinunter; noch immer verschwamm alles vor ihren Augen. Konnte sie wegen der Tränen nicht richtig sehen?

»Karen – bist du okay?«, wiederholte Adam seine Frage.

Obwohl Karen angestrengt vor sich hin starrte, konnte sie nichts erkennen; ihre Knie zitterten, ihr Herz hämmerte in ihrer Brust, der Boden unter ihr schwankte – doch eins wusste sie: Die Antwort war nein.

Micah hatte mit zwei Jungen vom Nebentisch geflirtet. Jetzt wandte sie sich wieder Karen zu. »Du hast deinen Lunch ja nicht mal angerührt«, sagte sie.

»Ich weiß. Aber ich bringe keinen Bissen runter«, antwortete Karen. Sie formte ihr in Alufolie eingewickeltes Sandwich zu einem festen Ball.

»Warte! Was ist denn drauf?«, fragte Micah. »Tunfisch?«

»Keine Ahnung«, seufzte Karen. Dann sprang sie so ungestüm auf, dass beinahe ihr Stuhl umgekippt wäre.

»Karen – wo willst du hin?«, fragte Micah alarmiert. »Wir haben noch zwanzig Minuten. Du...«

»Ich muss mit Wendy reden«, antwortete Karen mit leiser, ausdrucksloser Stimme. Als sie den Namen »Wendy« aussprach, verschwamm wieder alles vor ihren Augen.

Ich fange nicht an zu heulen, sagte sich Karen und biss sich fest auf die Unterlippe. *Ich fange vor all den Kids hier im Speisesaal nicht an zu heulen.*

»Karen, setz dich!«, befahl Micah mit Nachdruck. Sie deutete auf Karens Stuhl. »Dahin. Setz dich. Du gehst nirgendwohin.«

Karen rührte sich nicht von der Stelle.

Micah änderte ihren Ton und sagte jetzt fast flehend. »Komm, lass uns reden, okay? Setz dich. Wir reden miteinander.«

»Nein. Ich will mit Wendy reden«, sagte Karen leise und völlig emotionslos.

»Karen – das kannst du doch nicht *machen*!«, schrie Micah. »Sie wird dich auslachen. Und dann kommst du dir total blöde vor, Karen. Karen – hör mir zu!«

Karen antwortete nicht. Sie drehte sich um und marschierte mit langen, entschlossenen Schritten zum Ausgang. Sie konnte hören, wie Micah hinter ihr her rief, doch sie drehte sich nicht um.

Eine Gruppe Cheerleader drängte sich lachend vor der Tür zum Speisesaal zusammen. Aus der Turnhalle, weiter hinten am Gang, konnte Karen das Aufprallen des Basketballs hören.

Sie ging schnell an mehreren geschlossenen Klassenzimmertüren vorbei. Ein Teil der Schüler konnte erst in der nächsten Pause zum Lunch gehen.

Was soll ich Wendy sagen? Diese Frage ging ihr ständig im Kopf herum und veranlasste sie, langsamer zu werden. Ich sage ihr einfach, dass sie die Finger von Ethan lassen soll. Dass sie ihn sowieso nicht kriegt – auf keinen Fall. Das sage ich ihr.

Sie umfasste das eiserne Treppengeländer und ging langsam die Stufen zum Erdgeschoss hoch. Zwei Mädchen sprangen die Treppe hinunter und grüßten Karen, als sie an ihr vorbeikamen.

Karen erwiderte den Gruß nicht.

Wo steckst du, Wendy?, dachte sie.

Zu ihrer Verblüffung stand Wendy plötzlich oben an der Treppe vor ihr. In den Händen hielt sie einen lebensgroßen Kopf aus Pappmaché, den sie wohl im Kunstunterricht modelliert hatte.

»Hi, Wendy«, sagte Karen atemlos. Sie spürte, wie ihr das Herz im Hals klopfte und das Blut in ihren Schläfen pulsierte.

Dann trat sie neben Wendy auf die oberste Stufe.

Im Licht der durch das große Fenster einfallenden Sonnenstrahlen glänzte Wendys glattes rotes Haar. Sie sah Karen mit ihren graugrünen Augen an und fragte. »Wie geht's denn so?«

Wie geht's denn so? Wie geht's denn so? Die Worte hallten in Karens Kopf wie ein hässliches bedrohliches Lied wider.

Wie geht's denn so? Du weißt doch, wie es mir geht, Wendy!, dachte Karen, plötzlich rasend vor Wut.

Wendy machte plötzlich eine Bewegung. Eine unkontrollierte Bewegung. Hoch in die Luft gerissene Arme... dann flog Wendys modellierter Kopf durch die Luft und polterte die Treppe hinunter. Auch Wendy fiel. Rückwärts. Vergeblich streckte sie ihre Arme nach Karen aus. Sie fiel und schrie jedes Mal, wenn ihr Kopf auf eine der harten Stufen prallte. Sie schrie, bis sie am Fuß der Treppe mit weit ausgebreiteten Armen, ihr Haar wie eine rote Aureole um ihren Kopf, mit einem seltsam verrenkten Bein liegen blieb.

Karen starrte von oben auf sie hinunter, die Hände fest an ihre heißen Wangen gepresst.

Habe ich sie getötet?, fragte sich Karen.

Habe ich sie hinuntergestoßen? Ist sie einfach nur gefallen – oder habe ich sie hinuntergestoßen? Karen konnte sich nicht erinnern.

Die beiden Schülerinnen, die ihr auf der Treppe begegnet waren, beugten sich über Wendy. Karen stand wie versteinert da.

Ich habe sie nicht gestoßen – oder? Sie hat das Gleichgewicht verloren und stürzte.

Unten, am Fuß der Treppe, stöhnte Wendy, die Augen noch immer geschlossen.

Die beiden Mädchen sahen Karen plötzlich anklagend an.

»Nein! Ich habe sie nicht gestoßen!«, rief Karen. »Sie ist gestürzt. Ich habe sie nicht gestoßen!«

Und dann rannte Karen los. Rannte den Gang hinunter. Die Sohlen ihrer blauen DocMartens knallten auf den harten Fußboden.

Ich habe sie nicht gestoßen. Ich bin mir ziemlich sicher, dass ich sie nicht gestoßen habe. Aber ich kann mich nicht erinnern. Ich kann mich wirklich nicht erinnern.

Wohin laufe ich eigentlich?, fragte sie sich. Sie wusste es nicht. Sie wusste nur, dass sie immer weiterlaufen wollte.

5

»Karen, könntest du bitte mal runterkommen?«

Die Stimme ihrer Mutter füllte Karens Zimmer. Sie ging zur Tür und öffnete sie einen Spalt. »Mom – ich habe es dir doch bereits gesagt. Ich habe keinen Hunger. Ich kann heute Abend nichts essen.«

Karen war von der Schule nach Hause geeilt und hatte sich in ihrem Zimmer eingeschlossen. Sie warf einen Blick auf den Radiowecker. Fast sieben.

Ihr Blick wanderte zu ihrem Schulsack, der ungeöffnet neben ihrem Schreibtisch lag.

Was habe ich während der ganzen Zeit getan?, fragte sie sich. Ich habe keine Hausaufgaben gemacht. Ich habe nur auf meinem Bett gelegen und die Risse in der Decke angestarrt. Konnte ich zwischendurch schlafen?

»Karen, komm jetzt runter!«, befahl ihre Mutter. »Oder soll ich hochkommen?«

Karen presste ihre Wange gegen die Schlafzimmertür. »Was willst du denn?«, fragte sie argwöhnisch.

»Mit dir reden!«, rief ihre Mutter vom Fuß der Treppe her.

Karen seufzte. Sie wollte nicht reden. Sie konnte nicht reden. Was sollte sie ihrer Mutter sagen? ›Schau mal, Mom. Ethan hat sich für eine andere interessiert, und deshalb habe ich meine Nebenbuhlerin heute die Treppe hinuntergestoßen und versucht, sie umzubringen.‹

Wie würde sich das wohl anhören?

Sie zögerte, das Gesicht noch immer an die Tür gepresst.

Da hörte sie die leichten, schnellen Schritte ihrer Mutter auf der Treppe und wich von der Tür zurück. Als Mrs. Masters das Zimmer betrat, sah sie ihre Tochter besorgt an.

»Mom, ich bin so weit okay. Ich fühle mich nur nicht wohl, das ist alles«, sagte Karen.

»Ich habe gerade mit Micah telefoniert«, erwiderte Mrs. Masters. Ihr schmales, vogelähnliches Gesicht drückte Betroffenheit aus. Sie verschränkte die mageren Arme vor der Brust. Heute trug sie einen hellgrünen Rollkragenpullover und schwarze Kordhosen.

»Wie? Micah hat angerufen?«, fragte Karen und schüttelte den Kopf, wie um ihn freizubekommen. »Warum hast du mir nichts davon gesagt?«

»Weil sie mit mir sprechen wollte«, antwortete Mrs. Masters geduldig.

Karen runzelte verwirrt die Stirn und ließ sich auf ihr Bett fallen. »Warum denn das?«

Mrs. Masters machte ein paar Schritte auf ihre Tochter zu, die Arme noch immer fest vor der Brust verschränkt. »Micah hat mir erzählt, dass du heute in der Schule ein kleines Problem hattest.« Ihre Stimme stockte und sie räusperte sich.

»Hat sie das?«, fragte Karen betroffen. Was hatte Micah genau gesagt? Warum hatte sie überhaupt angerufen? Was bildete sie sich eigentlich ein?

»Willst du mir nicht erzählen, was los war?«, fragte Mrs. Masters und sah ihre Tochter mit ihren dunklen Augen so eindringlich an, dass Karen den Blick senkte.

»Da gibt's nicht viel zu erzählen. Wirklich nicht«, murmelte Karen und dachte gleichzeitig: Warum lässt du mich nicht in Ruhe? Hau doch ab.

»Micah sagte, dass du eine deiner Mitschülerinnen bedroht hast. Ein Mädchen namens Wendy«, fuhr Mrs. Masters fort und räusperte sich wieder.

»Bedroht? Nein, das war keine richtige Drohung«, entgegnete Karen und starrte auf den fadenscheinigen braunen Teppich.

»Micah berichtete, dass du dich im Speisesaal drohend geäußert hast und dass dieses Mädchen ein paar Minuten später die Treppe hinuntergefallen ist. Micah sagte weiter, dass sie im Krankenhaus geröntgt wurde und eine Gehirnerschütterung hat.«

»Nur eine leichte Gehirnerschütterung«, murmelte Karen. »Sie wird bald wieder ganz gesund sein.«

»Aber es gibt Zeugen. Ein paar Kids glauben, dass du sie gestoßen hast«, sagte Mrs. Masters eindringlich. Ihre Augen bohrten sich in die ihrer Tochter. »Jedenfalls hat Micah mir das erzählt.«

»Nein!«, rief Karen empört. »Nein! Das ist eine Lüge! Das ist eine verdammte Lüge!« Eigentlich hatte sie ruhig bleiben wollen, doch die Worte waren zu einem schrillen Schreien geworden.

Verblüfft öffnete ihre Mutter den Mund; ihre dunklen Augen schossen Blitze, doch sofort wurde sie wieder sanft. »Karen, rede mit mir«, sagte sie einfühlsam.

Sie ging zum Bett und legte die Hände auf die Schultern ihrer Tochter. »Du weißt doch, dass du jederzeit mit mir reden kannst, nicht wahr?«, wiederholte sie geduldig. »Du musst mir sagen, was dich bedrückt.«

»Das weiß ich, Mom«, flüsterte Karen.

Mrs. Masters beugte sich hinunter und umarmte ihre Tochter. Karen saß steif da und ertrug die Umarmung ohne zu reagieren. Sie dachte über Micah nach.

»Also, wenn du bereit bist zu reden, ich bin immer für dich da«, fügte Mrs. Masters leise hinzu.

Als ihre Mutter sich umwandte und langsam aus dem Zimmer ging, fing Karen zu zittern an. Sie sprang auf, schloss die Tür und marschierte im Zimmer auf und ab. Wie konnte Micah mir das nur antun?, fragte sie sich. Wie konnte mich Micah derart verraten? Ich hielt sie für meine beste Freundin. Jemanden, dem ich vertrauen konnte.

Warum hat sie mich im Stich gelassen und an meine Mutter verraten? Warum hat sie meine Mutter heute hinter meinem Rücken angerufen und ihr erzählt, was in der Schule passiert ist?

Karen griff mit solcher Vehemenz nach dem Telefon, dass es zu Boden fiel, der Hörer von der Gabel rutschte und das Freizeichen ertönte.

Mit klopfendem Herzen wählte sie Micahs Nummer.

Micah nahm nach dem ersten Klingeln ab. »Hallo?«

»Micah – warum?«, schrie Karen außer sich. »Ich... ich kapier's einfach nicht! Warum hast du das getan? Warum hast du meine Mutter angerufen?«

»Weil ich das für richtig hielt«, antwortete Micah ruhig und gelassen. »Bist du denn okay, Karen? Du hörst dich entsetzlich an.«

»Warum?«, wiederholte Karen. »Warum hast du meiner Mutter das erzählt?«

»Zu deinem eigenen Besten, Karen«, antwortete Micah. »Ich mache mir große Sorgen um dich. Und ich hielt es für besser, deine Mutter zu informieren.«

Karen spürte, wie die Wut in ihr hochstieg und sie beherrschte. Sie verlor die Kontrolle über sich – aber es war ihr egal.

»Du hast mich verraten!«, schrie sie in den Hörer.

»Nun warte doch mal...«, begann Micah zu protestieren.

»Du bist nicht mehr meine Freundin! Wage es ja nicht, jemals wieder mit mir zu reden!«, brüllte sie und knallte den Hörer auf die Gabel.

»Micah ist nicht länger meine Freundin«, murmelte sie mit erstickter Stimme. »Es ist aus! Basta!«

Jetzt ist Ethan der einzige Mensch, der mir noch bleibt, wurde Karen bewusst. Ihr Herz raste, in ihren Schläfen pochte ein klopfender Schmerz, und ihr Atem ging stoßweise.

Sie versuchte sich zu beruhigen und massierte sich den Nacken mit beiden Händen.

Ethan ist der Einzige, den ich noch habe, dachte sie.

6

Ethan umklammerte das Lenkrad mit beiden Händen. Er schüttelte den Kopf und sagte bitter. »Ich kann's noch immer nicht fassen, dass ich diese beiden Pässe versaut habe.«

Karen legte ihm die Hand tröstend auf die Schulter. »Wir haben doch gewonnen, Ethan«, sagte sie mitfühlend. »Alles andere ist egal.«

»Nein. Mir ist das nicht egal«, antwortete er schneidend.

Beide starrten hinaus in die Dunkelheit. Es war Freitagabend und er hatte sie nach dem Spiel heimgefahren. Jetzt stand sein Wagen mit laufendem Motor und eingeschalteten Scheinwerfern in der Auffahrt von Karens Haus als hätte er es eilig, sich von ihr zu verabschieden.

»Willst du nicht reinkommen?«, fragte Karen.

Er runzelte die Stirn, noch immer in Gedanken bei seinen verpatzten Pässen.

»Ich bin ganz allein«, fügte Karen hinzu. »Mein Bruder hat eine Verabredung, und Mom besucht eine Cousine.«

»Es war ein beschissener Abend«, murmelte er. »Ich erwischte kaum einen Ball. Nichts lief richtig.«

»Lass doch, Ethan. Wir haben gewonnen!«, sagte Karen ungeduldig. Sie zupfte ihn am Ärmel. »Kommst du nun oder nicht?«

Er sah sie an, und sein Gesichtsausdruck veränderte sich. Mit einer knappen Bewegung warf er sein langes Haar in den Nacken und seine Finger trommelten nervös aufs Lenkrad.

»Karen, ich muss dir was sagen«, verkündete er mit seltsam angespannter Stimme. »Wahrscheinlich wird dir das nicht gefallen. Aber ich muss es dir auf jeden Fall sagen.«

Karen schnürte es die Kehle zu. Plötzlich war ihr kalt.

»Ich meine... ich meine, wir sollten uns auch mit anderen Leuten treffen«, platzte Ethan heraus. Er sprach so schnell, dass der Satz wie ein einziges Wort klang. Dabei starrte er vor sich hin, weil er ihren Blick vermeiden wollte.

»Wie?«, murmelte Karen. Genau das hatte sie erwartet. Doch als er es jetzt aussprach, war es ein totaler Schock. Wollte er sie wirklich verlassen?

»Wir können noch immer zusammen ausgehen«, sagte Ethan und sah sie kläglich an. »Ich meine, wir können sehr oft ausgehen. Ich mag dich noch immer... schließlich haben wir doch so viel Spaß zusammen. Wir können noch immer unsere Fahrradausflüge machen und all das. Aber...«

»Ethan, was willst du mir sagen?«, schrie Karen. Wieder einmal konnte sie sich nicht zusammenreißen und ruhig bleiben, sondern fing mit diesem schrillen Gekreische an. Ihre Schultern bebten.

Er fuhr nervös mit den Händen übers Lenkrad. »Ich finde nur, dass wir uns auch mit anderen Leuten treffen sollten. Es gibt überhaupt keinen Grund, warum wir nicht...«

»Überhaupt keinen Grund?«, kreischte Karen. »Keinen Grund?«

»Karen, beruhige dich – okay?«, sagte Ethan ungehalten. »Können wir denn nicht einfach miteinander reden?«

»Reden? Reden? Was gibt's da noch groß zu reden?«, schrie Karen. »Dein Entschluss ist doch schon ganz klar!«

»Karen – bitte. Wir konnten bisher doch immer miteinander reden. Das ist eine Eigenschaft, die ich wirklich an dir schätze.«

»Worüber sollen wir denn reden?«, schrie Karen. Wut überkam sie. Sie war so wütend, so verletzt. Am liebsten hätte sie Ethan bei den Schultern gepackt und ihn geschüttelt, geschüttelt, bis er endlich kapierte, was er ihr antat.

»Wir können noch immer samstagabends ausgehen, aber nicht an jedem«, sagte Ethan lahm. »Und wir können noch immer Schach spielen. Und...«

»Halt den Mund!«, schrie Karen. Halt einfach nur deinen Mund, Ethan!« Tränen rannen ihr über die Wangen. »Trennst du dich nun von mir oder nicht?«

»Nein!«, antwortete er umgehend. »Ich meine... nun ...«

»Ich habe sie nicht die Treppe hinuntergestoßen!«, schrie Karen. *»Ich habe sie nicht gestoßen! Sie ist gestürzt!«*

Ethan starrte sie mit offenem Mund fassungslos an.

Noch immer strömten Tränen über Karens Wangen; sie sah alles verschwommen, auch Ethan. Er schien so weit, weit weg zu sein.

»Karen, beruhige dich!«, bat er und griff nach ihrer Hand. »Beruhige dich. So habe ich das nicht gemeint...«

Sie schüttelte seine Hand ab. »Du kannst dich nicht von mir trennen! Das darfst du nicht!«, sagte sie, laut schluchzend.

»Ich habe doch nur gesagt...«, fing Ethan hilflos an.

»Halt den Mund! Ich hab kapiert, was du gesagt hast!« Karen zerrte am Griff und stieß die Tür auf. Ein kalter Luftstrom kühlte ihr heißes Gesicht. Ihre Tränen machten sie blind, die Dunkelheit schien vor ihr zu verschwimmen.

»Das darfst du nicht! Das darfst du nicht!«, schrie sie und war, ohne es zu merken, schon ausgestiegen.

Eine innere Stimme mahnte sie: *Karen, du hast völlig die Kontrolle verloren. Wenn du dich nicht zusammenreißt, wirst du Ethan für immer verlieren.*

Aber wie soll ich das anstellen?, fragte sie sich.

Die Beine gaben unter ihr nach; ihre Knie zitterten; mit jedem Schluchzer bebte ihre Brust.

»Ich rufe dich später an«, sagte Ethan und packte den Griff, um die Beifahrertür zu schließen. »Versuch, dich zu beruhigen, okay? Ich rufe dich von zu Hause an, dann können wir alles besprechen.«

Karen drehte sich um und lief schluchzend zur Rückseite des Hauses. Sie wurde von Ethans Scheinwerfern gestreift, als er rückwärts auf die Straße fuhr.

Während sie in ihrer Tasche nach den Hausschlüsseln suchte, schossen ihr absurde, verrückte

Gedanken durch den Kopf: *Ich lasse es nicht zu, dass er mit mir bricht. Eher bringe ich ihn um. Das mache ich. Vielleicht habe ich Wendy sogar die Treppe hinuntergestoßen. Und wenn das so sein sollte, ist es mir auch egal. Aber was soll ich Ethan nur sagen? Wie kann ich erreichen, dass er bei mir bleibt?*

Schließlich gelang es ihr zitternd den Schlüssel ins Schloss zu stecken und die Küchentür aufzuschließen. Sie stieß sie auf und machte sie schnell wieder hinter sich zu.

In der Küche roch es nach Orangen. Im Haus war es dunkel. Ohne Licht einzuschalten, rannte sie – noch immer Tränen in den Augen – in ihr Zimmer und warf sich auf ihr Bett.

»Merkt Ethan denn nicht, wie viel er mir bedeutet?«, sagte sie laut und vergrub das Gesicht im Kissen, um ihr Schluchzen zu ersticken. Doch ihren verrückten Gedanken ließ sie weiterhin freien Lauf und machte keinen Versuch, sie zu stoppen.

Erst nach einer Weile merkte sie, dass sie noch immer ihren Mantel anhatte. Schwer atmend stand sie auf. Das Schluchzen hatte aufgehört, aber heftigen Kopfschmerzen hinter den Schläfen Platz gemacht.

Sie massierte ihre Stirn, um den Schmerz zu lindern, ging durchs Zimmer, knipste das Licht an – und schrie laut auf.

Jemand hatte ihren alten Teddybären mit einer Schnur um den Hals an die Jalousie gehängt. Schlaff, mit geneigtem Kopf hing er da und starrte sie aus dem einen noch vorhandenen schwarzen Auge an.

»Chris! Du blöder Kerl!«, rief Karen. Warum ist er nur so ein Ekel?, fragte sie sich bitter.

Als sie durch das Zimmer ging, um ihren Kinderspielgenossen abzuhängen, läutete das Telefon.

Das muss Ethan sein!, dachte sie. *Was soll ich ihm nur sagen? Was? Ich muss nachdenken. Klar denken. Wie kann ich ihm nur klarmachen, wie viel er mir bedeutet?*

Während des zweiten Läutens nahm sie den Hörer ab. »Hallo?«, hauchte sie in die Sprechmuschel.

»Karen, ich bin's, Ethan. Ich wollte nur... hm... nur mal fragen, wie's dir geht.«

»Mir... mir geht's besser«, stammelte sie. »Du hast mich nur so überrascht, das war alles.«

»Das tut mir Leid«, entgegnete Ethan, aber mit wenig Mitgefühl. »Ich weiß, wie schwer das für dich ist, Karen. Doch ich hoffe...«

»Entschuldige, dass ich mich so dämlich benommen habe«, unterbrach Karen ihren Freund. Mit der freien Hand massierte sie ihre schmerzende Schläfe. »Ich wollte dich nicht so anschreien. Du musst mich für ein Ekel halten...«

»Nein. Mach dir deswegen keine Sorgen«, sagte Ethan. »Ich bin nur froh, dass es dir jetzt besser geht. Du klingst viel ruhiger.«

»Ja. Das bin ich wohl auch«, antwortete Karen. »Es ist nur so, dass...«

»Na, dann wünsche ich dir eine gute Nacht«, unterbrach Ethan sie. Er hörte sich an, als hätte er es eilig aufzulegen. »Wir sehen uns dann morgen in der Schule.«

»Warte mal, Ethan… ich… ich wollte dir noch sagen, das…«

Ein lautes Klicken zeigte an, dass noch jemand in der Leitung war.

»Bleib dran, Ethan«, bat Karen. »Da hat gerade jemand angerufen. Vielleicht ist es meine Mutter.«

Wieder ein lautes Klicken.

»Ich hasse es, beim Telefonieren unterbrochen zu werden… Immer dieser blöde Anrufmelder«, sagte Karen. »Das passiert jedes Mal im falschen Moment. Bleibst du bitte noch kurz dran, Ethan?«

»Okay«, stimmte Ethan zu.

Es klickte noch ein paarmal, dann herrschte wieder Stille.

Als Karen kurz darauf wieder mit Ethan sprach, zitterte ihre Stimme und klang ängstlich.

»Bitte, Ethan, komm zu mir! Komm sofort her!«

»Was ist denn los, Karen?«, fragte Ethan.

»Ich bin ganz allein im Haus. Bitte, beeil dich! Er hat gesagt, dass er mich umbringt!«

»Wie? Wer?«

»Der Mann am Telefon. Diese Stimme. Es war *entsetzlich,* Ethan. Er sagte, er wolle mich töten!«

7

Als Ethan in die Auffahrt einbog, lief Karen ihm entgegen. Kaum war er aus dem Auto gestiegen, warf sie sich ihm in die Arme und presste ihr Gesicht an seines.

»Ethan – dieser Anruf hat mir solche Angst eingejagt!«, sagte sie weinend.

Ethan legte ihr die Arme um die bebenden Schultern und sie drückte ihre heiße Wange noch fester an seine. »Er… er hat so entsetzliche Dinge zu mir gesagt!«, klagte sie.

Vorsichtig führte er Karen ins Haus. Ihre Schritte knirschten im Schnee. »Das war doch sicher nur ein Scherz«, meinte er beschwichtigend.

»Das… das glaube ich nicht«, stammelte Karen.

Sie knipste in dem kleinen Wohnzimmer das Licht an, dann setzten sich beide auf die Couch. Karen zitterte noch immer. »Diese Stimme – sie war so fürchterlich!«, stöhnte sie und presste ihre Stirn gegen seine Wange. Ethans langes Haar kitzelte sie.

»Hat ein Mann dich bedroht?«, fragte Ethan behutsam.

»Ich glaube, ja. Aber mit Bestimmtheit kann ich das nicht sagen«, antwortete Karen. »Die Stimme war nur ein Flüstern. Ein raues Flüstern. Deshalb klang sie so fürchterlich. Und dann… das, was er gesagt hat…«

»Was hat er gesagt?«, fragte Ethan sanft und streichelte beruhigend ihr dunkles Haar.

Ein Schauder überlief Karen. »Er hat so hässliche Dinge gesagt, Ethan. Er sagte, er würde mich töten und wisse, wo ich wohne. Dann sagte er, jetzt wolle er mir beschreiben, wie er vorhabe, mich umzubringen, und ich könne mir sicher sein, dass er es täte.«

Ethan schüttelte den Kopf und streichelte weiter Karens Haar.

»Ich habe nur geschrien: ›Wer spricht da?‹«, fuhr sie fort und drückte die Hand ihres Freundes. »Ich konnte einfach nicht fassen, was da passiert. Ich meine, solches Zeug sieht man doch sonst nur im Fernsehen oder im Kino. Aber ich konnte nicht glauben, dass mir so etwas passiert.«

»Es muss ein Scherz sein«, meinte Ethan nachdenklich, »Wenn auch ein übler. Irgendwie krankhaft.«

»Glaubst du das wirklich?«, fragte Karen und umklammerte Ethans Hand noch fester.

»Der Typ ruft nie wieder an«, versicherte Ethan. »Lass dich davon nicht einschüchtern. Vergiss das Ganze. Wirklich.«

Karen erschauderte. »Diese unheimliche raue Stimme. Die kann ich nie vergessen. Nie! Wer sollte mir einen solchen Streich spielen? Was ist das für ein kranker Typ?«

»Soll ich die Polizei anrufen? Würdest du dich dann besser fühlen?«, fragte Ethan.

Karen löste sich von ihm und setzte sich aufrecht hin. »Die Polizei? Ja, vielleicht sollten wir das tun.«

Ethan wollte aufstehen. »Ich rufe für dich an.«

Karen hielt ihn zurück. »Nein, warte. Die tut doch nichts. Was kann die Polizei schon machen? Sie wird dasselbe sagen wie du: dass es ein übler Scherz ist.«

»Wahrscheinlich«, erwiderte Ethan und runzelte die Stirn.

»Ich hoffe sehr, dass es ein Scherz ist«, meinte Karen und biss sich auf die Unterlippe. »Das hoffe ich wirklich. Es war so widerlich, Ethan. So widerlich. Ich – ich zittere noch immer.«

»Schon gut. Jetzt bin ich ja da«, sagte er beruhigend. »Alles ist wieder okay, Karen.«

Er nahm sie in die Arme. Sie schmiegte sich an ihn, hob ihr Gesicht dem seinen entgegen und küsste ihn, bis sie zu zittern aufhörte.

8

Montag. Trüber Montag, dachte Karen unglücklich.

Während sie ihre Schultasche nach dem Unterricht packte, weil sie gleich nach Hause gehen wollte, wurde ihr bewusst, dass dieser Tag besonders trübselig gewesen war.

Mindestens zwölfmal war sie heute Micah begegnet, ohne mit ihr gesprochen zu haben. Ihren Lunch hatte sie allein an einem Tisch in der Ecke verzehrt, während Micah mit ein paar Oberschülerinnen gegessen hatte, die Karen nicht kannte.

Und den ganzen Tag über hatte sie das Gefühl gehabt, von den anderen Kids angestarrt zu werden. Vor der fünften Stunde hatte dann eine Mädchen-Clique abrupt mit Reden aufgehört, als sie an der Gruppe vorbeigegangen war.

Haben die über mich gequatscht?, fragte sich Karen. Haben sie sich über mich und Wendy das Maul zerrissen?

Nach dem Ende der letzten Stunde war Karen erleichtert zu ihrem Spind gelaufen. Nichts wie weg hier, dachte sie und schulterte ihre Schultasche. Als sie ins Freie trat, war der Himmel dunkel und wolkenschwer. Es war fast so finster wie bei Nacht.

Wird es wieder schneien?, fragte sie sich und senkte den Kopf gegen den aufkommenden Wind.

Kaum hatte sie die Straße überquert und war

einen halben Block weit gegangen, hörte sie schnelle Schritte hinter sich.

Lief ihr jemand nach?

Noch ehe sie sich umdrehen konnte, packten sie zwei kräftige Hände fest um die Taille.

»Ich bin's, Karen!«, flüsterte eine raue Stimme in ihr Ohr. »Ich bin's!«

»Lass mich los!«

Karen riss sich aus den sie umklammernden Armen los und wirbelte herum.

»Adam!«, rief sie. »Adam, du hast mich zu Tode erschreckt!«

Doch Adam lachte nur. Es war ein seltsam ersticktes Lachen, das sich mehr wie ein Husten als Lachen anhörte. Und hinter den dicken Brillengläsern funkelten seine Augen aufgeregt.

Er schüttelte den Kopf. »Du bist viel zu ängstlich«, sagte er und gab ihr einen spielerischen Stoß.

»Was... was meinst du damit?«, fragte Karen und spürte, wie ihr rasendes Herz allmählich wieder normal schlug.

»Du bist viel zu leicht zu erschrecken. Aber das soll keine Herausforderung sein«, entgegnete Adam.

Was soll das denn nun heißen?, fragte sich Karen.

Adam griff nach seiner braunen Aktenmappe aus Leder, und dann gingen die beiden gemeinsam weiter. Er hatte eine rotweiße wollene Skimütze auf, die sein rotes, borstiges Haar verbarg, und einen khakifarbenen Mantel an, der zu kurz war. Da er Arbeitsstiefel mit dicken Sohlen trug, klangen seine Schritte laut klackend auf dem Bürgersteig.

»Findest du es nicht ziemlich beknackt, mit einer Aktenmappe zur Schule zu gehen?«, fragte Karen. »Kannst du nicht wie alle anderen eine Tasche oder einen Rucksack nehmen?«

»Ich will nicht wie alle anderen sein«, antwortete Adam. »Ich will anders sein. Außerdem darf ich gar nicht wie alle anderen sein. Das weißt du doch, Karen.«

»Aber... eine Aktenmappe!«, rief Karen und starrte ihn an.

»Mir gefällt sie«, antwortete er und schwang die Mappe beim Gehen hin und her.

»Na, dann. Und wie geht's sonst so?«, fragte sie. »Gefällt dir der Unterricht? Hast du schon jemanden kennen gelernt?«

»Ja. So weit klappt's ganz gut.« Eine Weile trabten die beiden schweigend nebeneinander her. »Ich dachte, du wolltest mich deiner Freundin, Micah, vorstellen?«

»Mit der rede ich nicht mehr«, entgegnete Karen und spürte, wie ihr Gesicht heiß wurde.

»Oh, das tut mir Leid«, antwortete er.

An einer Kreuzung blieben sie stehen. Ein Kombi mit vier großen bellenden Hunden darin rumpelte an ihnen vorüber. »Wo die wohl hinfahren?«, fragte Karen verwundert.

»Wohin sie eben wollen!«, antwortete Adam scherzend. Als sie die Straße überquerten, wurde er wieder ernst. »Weißt du eigentlich, dass ein paar Kids glauben, du hättest diese Wendy die Treppe hinuntergestoßen? Ich habe sie heute darüber reden hören.«

»Ich habe sie nicht gestoßen«, antwortete Karen schnell. »Sie ist gestürzt.«

Karen ging jetzt schneller und schaute zu den schwarzen, dahinjagenden Wolken empor.

»Wendy erzählt jedem, der es hören will, dass du ihr einen Stoß gegeben hast«, fuhr Adam fort. »Sie versucht, Zeugen für den Vorfall aufzutreiben. Außerdem will sie, dass du wegen tätlichen Angriffs vor Gericht gestellt wirst.«

»Das ist doch total blöde«, antwortete Karen wütend und verzog angewidert das Gesicht. »Außerdem gab's keine Zeugen.«

Bei dieser Bemerkung blieb Adam stehen. Er nahm seine schwere Aktenmappe in die andere Hand. »Woher weißt du, dass es keine Zeugen gab?«

»Auf der Treppe waren nur noch zwei andere Mädchen, und die schauten woandershin«, sagte Karen.

Adam sah seine Cousine argwöhnisch an. »Und Wendy ist einfach gestürzt?«

»Ich nehme an, sie glitt aus oder stolperte«, erwiderte Karen verlegen.

Der Wind hatte an Stärke zugenommen und der Himmel war noch finsterer geworden.

Ein Auto fuhr langsam an ihnen vorbei. Ein rotes Auto. In der Hoffnung, es könnte Ethans Wagen sein, drehte sich Karen um. Aber er war es nicht.

»Sie ist sehr böse auf dich«, sagte Adam und kratzte sich am Kopf. »Es wäre besser, wenn du dich von ihr fern hältst«, warnte er sie.

»Das ist überhaupt kein Problem«, antwortete

Karen lakonisch. Die beiden marschierten weiter, die Köpfe gegen den starken Wind gesenkt. »Vielleicht hat Wendy angerufen«, fügte sie nachdenklich, mit leiser Stimme hinzu.

»Was heißt das? Was für ein Anruf?«, fragte Adam.

Karen erzählte ihm von dem unbekannten Anrufer mit der rauen Flüsterstimme, der sie mit dem Tod bedroht hatte.

»Verrückt«, murmelte Adam und schüttelte den Kopf. »Hast du das deiner Mutter erzählt?«

»Noch nicht«, antwortete Karen. »Ethan hielt das Ganze für einen Scherz, eine einmalige Sache. Und falls es das sein sollte, will ich Mom deswegen nicht beunruhigen.«

»Ja. Da hast du wohl Recht«, meinte Adam nachdenklich, die Augen hinter seiner Brille mit der schwarzen Fassung zu schmalen Schlitzen zusammengekniffen. »Das ist eine einmalige Sache, Karen. Davon bin ich überzeugt.«

»Dann gehen wir also am Samstagabend in den neuen Club?«, fragte Karen. Sie saß auf der Kante ihres Schreibtischstuhls, den Hörer zwischen Kinn und Schulter geklemmt und pinselte farblosen Lack auf ihre Fingernägel.

Es war kurz nach halb acht, Montagabend. Der Wind peitschte Eisregen gegen ihr Schlafzimmerfenster.

Ethan zögerte. Schließlich sagte er. »Ich weiß es noch nicht. Vielleicht muss ich arbeiten.«

Lügt er mich jetzt an?, fragte sich Karen. Warum

hört er sich so an, als würde er lügen? Oder habe ich schon Wahnvorstellungen?

»Du hast doch *letzten* Samstag gearbeitet, oder?«, entgegnete sie pikiert.

»Das weiß ich selbst.« Ethan seufzte. »Aber zuerst muss ich mit Tony reden, ob ich mit ihm tauschen kann. Wenn er einverstanden ist, können wir am Samstag ausgehen.«

Er lügt, dachte Karen, jetzt ganz überzeugt.

Er lügt eindeutig. Er möchte Samstagabend mit Wendy ausgehen und erfindet irgendwas, damit er mir nicht die Wahrheit sagen muss.

»Ich möchte dich so gern sehen«, säuselte sie. »Der letzte Samstag war schrecklich.«

»Ich weiß. Hoffentlich tauscht Tony mit mir«, sagte Ethan. »Aber wenn er...«

Plötzlich wurde er durch lautes Klicken unterbrochen.

»Oh, warte mal. Das ist der Anrufmelder. Ich habe ein zweites Gespräch in der Leitung«, sagte Karen verärgert. »Bleib am Apparat. Vielleicht ist es Mom, sie arbeitet heute bis spät abends.«

Karen nahm das andere Gespräch an.

Kurz darauf sprach sie wieder mit Ethan. Und wieder klang ihre Stimme schrill und verängstigt. »Er war's wieder, Ethan – die Flüsterstimme!«

Ethan stöhnte. »O nein!«

»Er... er hat gesagt, er würde mir die Kehle durchschneiden!«, schluchzte Karen voller Entsetzen.

»Beruhige dich«, sagte Ethan. »Hast du die Stimme erkannt? Weißt du, wer das war?«

»Nein«, antwortete Karen. »Er sagte nur, er sei

näher bei unserem Haus als ich mir das vorstellen könnte und jederzeit in der Lage, hier einzudringen. Und dann sagte er, er würde mir die Kehle durchschneiden!«

Noch immer schluchzte sie. »Es war fürchterlich, Ethan! Einfach fürchterlich!«

»Ich komme sofort!«, rief Ethan.

»Bitte... beeil dich!«, stammelte sie. »Er sagte, er könne jederzeit ins Haus eindringen!«

Dann legte Karen auf. Sie warf einen Blick in den Spiegel, sah einen dunklen Schatten hinter sich vorbeihuschen und öffnete den Mund zu einem Schrei, brachte aber keinen Ton heraus.

Schon taumelte die dunkle Gestalt durchs Zimmer und packte sie...

»Treffer!«, rief eine Stimme.

Karen stieß einen Schrei des Entsetzens aus und wirbelte herum. »Chris!«

Ihr Bruder warf den Kopf in den Nacken und lachte teuflisch, wie das Monster in einem Horror-Film. »Ha! Habe ich dich erschreckt!«, rief er triumphierend.

»Chris – du blöder Affe!«, schrie Karen. »Das ist überhaupt nicht lustig! Du bist nicht lustig! Hau ab!«

Karen beugte sich über ihren Schreibtisch und barg das Gesicht in den Händen. An ihren bebenden Schultern konnte Chris erkennen, dass sie weinte.

»He – was ist denn mit dir los?« Sie spürte seine Hand auf ihrer Schulter. »Sag mir, was dich bedrückt, Karen.«

Doch sie rührte sich nicht und wünschte nur, ihr Bruder möge endlich gehen.

»Entschuldige«, bat Chris. »Es war doch nur ein Scherz, Karen. Was ist denn mit dir los? Warum hast du so verrückt reagiert?«

Ein paar Minuten später kam Ethan. Er wirkte ziemlich aufgelöst und besorgt, warf seine Jacke übers Treppengeländer und folgte Karen ins Wohnzimmer. Heute war er ganz in Schwarz – schwarzer Pullover und schwarze Jeans.

»Gehst du zu einer Beerdigung?«, fragte Karen.

»Was für eine blöde Frage, geradezu morbide«, antwortete Ethan.

Chris stand am Fenster und starrte hinaus. Als Ethan ins Zimmer kam, grüßte er ihn mit einem Grunzen. Ethan setzte sich neben Karen auf die Couch, spielte unablässig mit seinen Fingern und zog daran, bis die Gelenke knackten, während Chris kopfschüttelnd auf und ab marschierte und dabei seine Schwester anstarrte.

»Du solltest dein Gesicht unters kalte Wasser halten. Deine Augen sind ganz rot und geschwollen«, riet er ihr.

»Mir geht's gut«, antwortete Karen ruhig und sah Ethan an.

Chris blieb plötzlich stehen und sagte, an Ethan gewandt: »Und du siehst noch schlimmer als Karen aus. So bleich wie der Tod.«

Der Wind rüttelte an den Fenstern. Karen spürte den Luftzug im Nacken. Mit den Fingern trommelte sie nervös auf die Armlehne der Couch.

Ethan beugte sich vor und sagte angespannt: »Ich mache mir um Karen große Sorgen. Sie hat dir doch von diesem unheimlichen Anrufer erzählt, oder?«

Chris nickte.

»Und wenn dieser fiese Typ es nun ernst meint?«, fragte Ethan.

»Vielleicht sollten wir doch die Polizei informieren«, meinte Karen nachdenklich.

Chris schüttelte den Kopf. »Die hält das doch nur für einen blöden Scherz. Was es ja auch ist.«

»Wieso kannst du dir da so sicher sein?«, fragte Ethan.

»Entweder ist es einer eurer Mitschüler oder irgend so ein Arsch, der zu Hause rumhängt und sich mit Drohanrufen die Zeit vertreibt. Während unseres Psychologie-Kurses im letzten Semester haben wir uns mit solchen Typen beschäftigt. Ich habe alles über diese Irren gelesen.«

Karen stieß einen Laut des Unmuts aus. »Chris – das hier ist Realität, es geschieht wirklich«, sagte sie schneidend. »Hier handelt es sich nicht um irgendeine Fallstudie in deinem Lehrbuch für Psychologie.« Nervös zupfte sie an ihren dunklen Haar. »Ich kapiere immer noch nicht, dass mir so etwas passieren muss.«

Eine heftige Windbö draußen brachte das Fenster wieder zum Klappern. Karen spürte den Zug und kuschelte sich an Ethan.

»Diese Typen gehen nie unter Leute. Sie hocken immer zu Haue rum«, fuhr Chris fort, »denn sie haben Angst vor der realen Welt. Deshalb vergnügen sie sich mit ihren krankhaften Telefonaten.«

»Aber warum hat so jemand gerade mich ausgewählt?«, fragte Karen schrill. »Warum ich?«

»Bist du denn sicher, dass es sich um einen männlichen Anrufer handelt?«, fragte Ethan und legte seiner Freundin den Arm um die Schultern.

»Ja, genau. Könntest du die Stimme wiedererkennen?«, fragte Chris.

»Nein«, antwortete Karen kopfschüttelnd. »Wer auch immer da anruft, ich höre nur ein Flüstern. Ein heiseres Flüstern. Sehr heiser. Als ob derjenige eine schlimme Halsentzündung hätte.«

»Das nächste Mal sagst du einfach, er soll zum Teufel gehen. Und dann legst du auf«, riet Chris seiner Schwester. »Schau dich doch mal an«, fuhr er fort und schüttelte missbilligend den Kopf, wobei ihm das blonde Haar in die Stirn fiel. »Momentan bist du ein totales Wrack.«

»Chris hat Recht«, stimmte Ethan zu. »Du darfst dich nicht so aufregen. Sag dem Fiesling einfach, er soll sich verpissen.«

Karen wollte antworten, aber da klingelte das Telefon.

Sie krallte ihre Finger in die Armlehne und sah Ethan flehend an.

Ethan sprang mit geballten Fäusten auf.

Chris zögerte – er starrte das auf dem Schreibtisch vor dem Fenster stehende Telefon an. Es läutete zweimal. Dann ging er schnell durchs Zimmer und nahm den Hörer während des dritten Läutens ab.

»Hallo?«, rief er. »Wer ist am Apparat?«

Den Blick auf ihren Bruder gerichtet, verschränkte Karen die Arme vor der Brust, als wollte sie sich schützen. Ethan stand neben der Couch und ließ Chris ebenfalls nicht aus den Augen.

»Oh, hi«, sagte Chris. »Wie geht's?« Sein ernster Gesichtsausdruck machte einem Lächeln Platz. Er hielt den Hörer Ethan an. »Hier, das Gespräch ist für dich. Jake ist am Apparat.«

»Wie? Jake?«, sagte Ethan, gleichzeitig überrascht und erleichtert. Er sah Karen über die Schulter an, als er zum Telefon ging. »Jetzt hast du mich aber erschreckt.« Dann nahm er den Hörer und redete leise mit Jake.

»Bist du auch okay?«, fragte Chris seine Schwester mitfühlend.

»Ja. Mir geht es viel besser«, antwortete Karen und rang sich ein klägliches Lächeln ab. »Wirklich. Sicher hast du Recht wegen der Anrufe. Ich meine, dass sie harmlos sind.«

Chris schaute auf die Uhr, die auf dem Schreibtisch stand. »Mom macht wirklich lange Überstunden«, murmelte er. »Trotzdem... Ich will mich noch mit ein paar Freunden treffen. Grüß Mom und richte ihr aus, dass ich ziemlich spät nach Hause komme.«

Er winkte ihr kurz zu, streifte Ethan mit einem flüchtigen Blick und verschwand.

Karen rieb ihre Unterarme. Die Kälte kroch sogar durch ihren dicken Pullover. Dieses Wohnzimmer war schon immer der kälteste Raum im ganzen Haus, dachte sie.

Sie beobachtete Ethan, wie er sich über den Schreibtisch beugte. Sein silberner Ohrring glänzte im Licht der Lampe. Es gefiel ihr, wie sein Haar verspielt über den Kragen fiel. Am liebsten hätte sie es berührt, sanft durch ihre Finger gleiten lassen.

Als Ethan endlich auflegte, bedeutete sie ihm, sich neben sie auf die Couch zu setzen.

»Ich kann nicht länger bleiben«, sagte er und blieb neben dem Schreibtisch stehen. »Ich muss Jake bei seinen Mathe-Aufgaben helfen. Er hat mich gerade darum gebeten.«

»Ach, wie schade«, sagte Karen und seufzte. Sie war nicht im Stande, ihre Enttäuschung zu verbergen.

Ethan wollte zur Tür gehen, blieb aber kurz stehen. »Du bist doch okay, oder?«

»Ja, es geht schon«, antwortete sie unsicher, die Arme noch immer um ihren Oberkörper geschlungen. Schließlich stand sie mit hängenden Armen langsam auf.

»Heute Abend erhältst du sicher keinen dieser verrückten Anrufe mehr«, sagte Ethan.

Sie begleitete ihn zur Haustür. »Warum hilfst du mir denn nicht bei meinen Mathe-Aufgaben«, fragte sie scherzhaft und mit einem verführerischen Lächeln.

Ethan erwiderte ihr Lächeln. »Weil du in Mathe keine Hilfe brauchst«, entgegnete er. »Aber Jake ist ein hoffnungsloser Fall. Er kann nicht einmal richtig dividieren.«

Hastig nahm er seine Jacke vom Treppengeländer und zog sie an. Dann küsste er Karen flüchtig.

Sie wollte ihn umarmen, aber er drehte sich um

und ging schnell nach draußen. »Später!«, rief er ihr zu, als der Wind die Tür hinter ihm zuschlug.

Warum hast du es nur so eilig, Ethan?, dachte Karen traurig und starrte in die Dunkelheit. Warum willst du so schnell wie möglich von mir weggehen?

9

Erst am Donnerstag nach dem Unterricht hatte Karen wieder Gelegenheit, mit Ethan zu reden. Immer schien er es eilig zu haben, irgendwo hinzukommen – sei es zum Basketball-Training, zur Arbeit oder zu Jake.

Den schweren Schulsack über eine Schulter geworfen, wollte Karen gerade die Schule verlassen, als sie Ethan vor seinem Spind stehen sah. »He, hi!«, rief sie und lief zu ihm.

»Was gibt's?«, sagte er und lächelte flüchtig. »Du siehst klasse aus. Was hast du mit deinem Haar gemacht?«

»Nur gewaschen!« Karen lachte. »Gehst du heute nicht zum Basketball-Training?«

»Unser Trainer lässt es heute ausfallen. Er hat irgendwas zu erledigen«, antwortete Ethan.

»Prima!«, rief Karen. »Dann kannst du ja mit zu mir nach Hause kommen und wir machen unsere Schularbeiten gemeinsam.« Sie beugte sich vor und flüsterte in sein Ohr. »Oder wir machen keine Schularbeiten.«

»Das geht nicht«, entgegnete Ethan mit flacher Stimme. »Ich muss heute im *Sizzler* die Frühschicht übernehmen und bin schon viel zu spät dran.« Er nahm seine Jacke aus dem Spind. Ein Stapel Bücher fiel zu Boden. Er bückte sich, um sie aufzuheben.

»Du hast in letzter Zeit ziemlich viel gearbeitet«, bemerkte Karen und biss sich auf die Unterlippe.

»Ja. Eben weil wir das Geld brauchen«, entgegnete Ethan und stapelte die Bücher in seinem Spind auf. »Oh, noch was. Es tut mir Leid, aber ich konnte mit Tony nicht tauschen. Eigentlich wollte ich dich schon gestern Abend anrufen und es dir sagen.«

Karen starrte auf Ethan hinunter. »Soll das heißen…«

»Wir können Samstagabend nicht in den Tanz-Club gehen«, präzisierte Ethan, vermied es aber, Karen in die Augen zu schauen. »Ich muss arbeiten.«

»Das ist eine riesige Enttäuschung, Ethan«, sagte Karen betroffen.

»Für mich auch«, entgegnete er leise. Noch immer sah er ihr nicht in die Augen.

Karen bat ihn verstimmt, sie nach der Arbeit anzurufen. Ethan sagte, er wolle es versuchen.

Inzwischen war sie richtig sauer geworden, verabschiedete sich kurz von ihm und marschierte mit langen, wütenden Schritten zum Ausgang. Sie ging an einer Gruppe lachender Kids vorbei, die wegen einer Theaterprobe auf dem Weg zur Aula waren.

Die Schule leerte sich schnell. Schon tauchten zwei blau uniformierte Putzleute auf, die Eimer und Mopps aus einem Wandschrank nahmen.

Karen bog um eine Ecke, durchquerte die Eingangshalle und wäre fast mit Micah zusammengeprallt, die mit dem Rücken zu ihr stand und an ihrem langen blonden Haar zupfte, während sie mit jemandem dicht neben ihr redete.

Sie redete mit Jake!

Karen war höchst überrascht, sie so vertieft in eine Unterhaltung mit Jake zu sehen, da Micah ihn nie hatte ausstehen können. Und plötzlich sind die beiden gute Kumpel?, dachte Karen. Seltsam. Sehr seltsam. Völlig irre.

Da entdeckte Jake sie. »Hi, Karen!«, rief er ihr mit seiner heiseren Stimme zu.

Micah drehte sich um. »Karen!« Ihre grünen Augen wurden vor Überraschung ganz rund und groß.

Karen machte auf dem Absatz kehrt und lief in die andere Richtung.

»Karen – komm zurück!«, hörte sie Micah rufen. »Karen – das ist doch idiotisch! Wir müssen einiges klären!«

Karen verlangsamte ihren Schritt. Vielleicht sollte ich wirklich zurückgehen und mit ihr reden, dachte sie kurz. Doch sie war jetzt zu verwirrt. Außerdem hatte sie sich schon zu weit entfernt.

Deshalb rannte sie wieder um die Ecke, an den beiden Reinigungskräften vorbei, die bereits mit Putzen begonnen hatten, passierte die Aula, aus der laute Klaviermusik ertönte und bog um eine andere Ecke – wo sie fast mit Wendy zusammenstieß.

»Oh!«, rief Karen überrascht.

Sie schaute an Wendy vorbei, den langen Flur hinunter. Leer. Niemand in Sicht.

Wendys Augen wurden schmal vor Wut. Etwas glänzte in ihrer Hand. Sie hob sie und zielte auf Karen.

»Wendy – nicht!«, schrie Karen. »Nimm die Waffe

weg!« Ihr stockte der Atem, denn Wendy zielte weiter auf sie.

Die Pistole schimmerte vor Wendys olivgrünem T-Shirt. Ihr glattes rotes Haar glänzte im Licht der Deckenbeleuchtung.

»Wendy – bitte…«, flehte Karen.

Ein seltsames Lächeln breitete sich auf Wendys Gesicht aus. »Karen, hast du etwa ein Problem?«, fragte sie und kniff die graugrünen Augen zusammen, als sie die Angst in Karins Gesicht erkannte. »Du weißt doch, dass ich für die Requisiten der Musicals *Schwere Jungen, leichte Mädchen* verantwortlich bin.« Mit der Pistole deutete sie in Richtung Aula. »Wir brauchen das Ding für die Probe.«

Karen spürte, wie sie rot wurde. Ihr Gesicht war plötzlich ganz heiß. Sie hievte ihre Schultasche auf die andere Schulter. »Ich… ich dachte…«

»Hast du total den Verstand verloren?«, fragte Wendy wütend und warf ihre rote Mähne mit einer knappen Bewegung des Kopfs zurück. Dann lachte sie. »Glaubst du etwa, das wäre eine richtige Waffe? Und denkst du wirklich, ich würde dich erschießen?«

»Nein. Natürlich nicht«, log Karen. »Ich dachte nur…«

»Peng, peng!«, rief Wendy, verdrehte die Augen und zielte mit der Spielzeugpistole direkt auf Karens Magen.

Karen starrte ihre Gegnerin verlegen an und wartete darauf, dass ihre Atmung wieder normal wurde und ihr Herz aufhörte, so wild zu schlagen.

»Ich muss jetzt los. Bin bereits zu spät dran. Die Proben haben schon begonnen«, sagte Wendy und wollte an Karen vorbeigehen.

»Übrigens – ich habe dich nicht gestoßen«, platzte Karen heraus. Sie spürte, wie ihr Gesicht noch heißer wurde.

»Das weiß ich doch«, entgegnete Wendy prompt und fast gleichgültig.

»Wie?«, fragte Karen, total überrascht.

»Ja«, erklärte Wendy. »Ich habe das Gleichgewicht verloren, denn dieser blöde Pappmaché-Kopf glitt mir aus den Händen. Als ich ihn auffangen wollte, bin ich gestürzt.«

»Oh!«, entgegnete Karen und kam sich ziemlich lächerlich vor. »Ich... na ja... ein paar Kids haben über mich geredet. Sie sagten, du seist der Meinung, ich hätte dich die Treppe runtergestoßen.« Da Wendy sie noch immer anstarrte, senkte sie den Blick.

»Nein, du hast mich nicht gestoßen«, sagte Wendy gelassen. »Aber du bist auch nicht geblieben und hast mir geholfen.« Ihr Gesichtsausdruck wurde hart, und ihre Augen bohrten sich in die Karens. »Du hast nicht nachgeschaut, ob mir etwas fehlt. Du bist einfach oben auf der Treppe stehen geblieben und hast mich angestarrt.«

»Ja... ja, das stimmt«, stammelte Karen und spürte, wie sich ihre Nackenmuskeln verkrampften. »Ich war wütend. Ich hatte Angst. Deshalb... deshalb bin ich einfach weggelaufen. Ich muss wohl in Panik geraten sein.«

Wendy rümpfte die Nase, schwieg aber. »Ich

muss jetzt wirklich gehen.« Sie machte eine Bewegung mit der silbern glänzenden Pistole.

»Ich weiß, was zwischen dir und Ethan läuft«, sagte Karen. Ihre Worte kamen wie ein Sturzbach aus ihrem Mund.

»Was? Worüber redest du eigentlich?«, fragte Wendy höhnisch.

»Hör doch auf so zu tun als ob nichts wäre!«, zischte Karen und starrte den langen leeren Flur entlang. Plötzlich erklang laute Klaviermusik, weil jemand die Tür zur Aula geöffnet hatte.

»Karen, ich weiß wirklich nicht, wovon du redest«, entgegnete Wendy mit absichtlich lauter Stimme.

»Ist ja auch egal. Es spielt keine Rolle mehr«, entgegnete Karen hitzig. »Es ist egal, weil Ethan zu mir zurückgekehrt ist. Und das ist die Wahrheit. Er hat mich nicht verlassen, Wendy. Er interessiert sich nicht mehr für dich.«

Wieder verdrehte Wendy ihre graugrünen Augen. »Wow, Karen! Du hast wohl jeden Bezug zur Realität verloren, oder spinnst du?«, rief sie.

»Wendy … ich meine es ernst…«, beharrte Karen.

»Ich muss jetzt gehen!«, sagte Wendy schneidend. Sie schob Karen zur Seite und verschwand um die Ecke.

Karen starrte den leeren Flur entlang, während die Schritte ihrer Nebenbuhlerin verhallten.

Ich war mutig und habe ihr alles gesagt, was ich auf dem Herzen hatte, dachte Karen. Und warum fühle ich mich jetzt nicht besser? Warum fühle ich mich so viel schlechter?

Sie ließ sich auf den Sitz ihres blauen Corolla fallen und fuhr eine Weile ziellos durch Thompson Falls. Manchmal half ihr das, sich zu beruhigen.

Aber heute nicht.

Während Karen durch die wintergraue Stadt fuhr, sah sie im Geist immer wieder Wendys höhnisches Gesicht vor sich.

Ich hasse diese Selbstgefälligkeit, dachte Karen. Sie ist selbstgefällig und überheblich. Als ob sie in ein Geheimnis eingeweiht wäre und ich nicht.

Ein Geheimnis… ein Geheimnis…

Karen hielt an einer Ampel, die auf Rot stand. Nervös trommelte sie mit beiden Händen aufs Lenkrad und stellte sich Wendy vor: ihr rotes Haar, ihre lachenden grünen Augen und… diese dämliche Spielzeugpistole in ihrer Hand.

Verdammt noch mal, sie hat mir richtig Angst eingejagt. Ja, das hat sie. Und sie hat auf mich gewartet. Sie hörte mich kommen und hob die Pistole, damit ich richtig Angst kriege.

»Wow!«, sagte Karen laut, als die Ampel auf Grün schaltete. Sie trat aufs Gas und raste mit aufheulendem Motor über die Kreuzung. »Wow, Karen! Pass auf, sonst wirst du noch vollkommen verrückt!«

Zum zweiten Mal fuhr sie an ihrer Schule vorbei. Eine Gruppe Schüler, die mit den Proben für *Schwere Jungen, leichte Mädchen* fertig waren, stand auf dem Bürgersteig. Ein Junge, den Karen kannte, versuchte mit ausgestreckten Armen auf dem Geländer zur Straße hin zu balancieren. Als er das Gleichgewicht verlor, sprang er zu Boden.

Karens Nacken schmerzte. Sie massierte ihn mit

einer Hand. Die Muskeln waren hart und verspannt.

Sie bog in die Jackson Street ab und fuhr weiter. Häuser und Gärten glitten in einem verschwommenen Grau an ihr vorbei. Sie überfuhr ein Stopp-Schild und merkte es nicht einmal, denn sie konnte Wendy nicht aus ihren Gedanken verbannen.

Warum hat sie mich ausgelacht und gesagt, ich hätte jeden Bezug zur Realität verloren und dass ich spinnen würde? Weil sie sich mit Ethan trifft? Deshalb?

Nein, sagte Karen sich. Nein, nein, nein!

Ganz unerwartet kam plötzlich das Restaurant *The Sizzler* in ihr Blickfeld, wo Ethan öfter arbeitete.

Einem Impuls folgend bremste sie sofort und fuhr auf den Parkplatz.

Ich muss mit Ethan reden, beschloss sie. Ethan wird mich aufheitern. Allerdings wusste sie, dass es von der Geschäftsleitung nicht gern gesehen wurde, wenn die Angestellten während ihrer Arbeitszeit privat Besuch bekamen.

Ich bleibe nur ein paar Minuten, wischte sie ihre Bedenken beiseite, als sie ihren Wagen direkt vor dem Eingang parkte.

Nur zwei andere Autos standen auf dem Parkplatz. Sie stieg aus, streckte sich und versuchte, durch die Glastür einen Blick ins Innere des Lokals zu werfen. Ein Geruch nach gegrillten Steaks drang ihr in die Nase.

Karen atmete tief ein, zog die Tür auf und trat in das Lokal. Das Salatbüfett in der Mitte war in grelles Licht getaucht.

Zuerst konnte sie überhaupt niemand in dem Restaurant entdecken. Dann sah sie ein älteres Ehepaar weit hinten in einer der Nischen sitzen.

Eine Kellnerin, die ein Tablett mit klirrenden Gläsern trug, ging an der Salatbar vorbei. Zwei ganz in Weiß gekleidete Kellner standen hinter dem langen Tresen zu Karens rechter Seite.

Es ist so still hier drin, dachte sie und schaute sich suchend nach Ethan um. Wahrscheinlich wurde es erst am Abend voller.

Ich bleibe nur eine Minute, sagte sie sich wieder. Nur ganz kurz, damit mich Ethan ein wenig aufheitert.

Sie ging ein paar Schritte weiter, um einen besseren Blick auf die Nischen zu haben.

Kein Ethan. Vielleicht ist er in der Küche, dachte sie.

»Möchten Sie einen Tisch haben?« Ein junger Mann mit stacheligem schwarzem Haar kam lächelnd auf sie zu. »Für eine Person?«

»Nein«, sagte Karen kopfschüttelnd. »Ich suche jemanden. Ethan Parker. Er arbeitet hier.«

»Ethan Parker?« Der junge Mann kratzte sich am Kopf und sah sich suchend um. »Einen Moment, bitte. Ich bin neu hier. Aber da kommt die Managerin.« Er drehte sich um und rief einer Frau mittleren Alters, die an der Theke stand, zu. »Arbeitet ein Ethan Parker bei uns?«

Die Frau ging auf Karen zu, den Blick prüfend auf sie gerichtet. »Ethan? Sie wollen Ethan sprechen?«, fragte die Managerin.

Karen nickte. »Nur eine Minute.«

»Tut mir Leid, aber Ethan arbeitet hier nicht mehr«, antwortete die Managerin.

»Wie?«, fragte Karen und sperrte überrascht den Mund auf.

»Ethan hat vor zwei Wochen gekündigt«, sagte die Managerin.

10

Karen bürstete nervös ihr Haar. Dann knallte sie die Bürste so wütend auf die Frisierkommode, dass das gute Stück auf dem Teppich landete. Karen dachte nicht einmal daran, sie aufzuheben.

Ich *hasse* mein Aussehen, dachte sie und betrachtete sich stirnrunzelnd im Spiegel.

Warum nur habe ich diesen hässlichen Kurzhaarschnitt? Warum färbe ich mein Haar nicht? Es sieht so glanzlos aus. Und warum schminke ich mich nicht ein wenig, damit ich nicht so blass aussehe?

Warum habe ich nicht so große grüne Augen wie Wendy?

Wendy. Wendy. Wendy. Ethan und Wendy.

Die beiden Namen hallten in Karens Kopf wie ein endloses nervtötendes Lied wider.

Ethan hat seinen Job im Restaurant gekündigt, damit er mehr Zeit mit Wendy verbringen kann. Er hat mich angelogen. Er hat mich immer wieder angelogen.

Was soll ich jetzt nur tun?

Sie atmete tief ein und hielt die Luft an. Beruhige dich, Karen, befahl sie sich. Sei ganz ruhig, ganz ruhig…

Während sie die Luft zischend wieder ausstieß, ging sie schnell zu ihrem Schreibtisch, nahm den Hörer vom Telefon und tippte Ethans Nummer ein.

Beim zweiten Läuten nahm Ethans Mutter ab.

»Ich bin's, Karen. Könnte ich bitte Ethan sprechen?«

»Wir sitzen gerade beim Abendessen, Karen«, antwortete Mrs. Parker. »Kann er dich später zurückrufen?«

»N... nein«, stammelte Karen. »Nur ganz kurz.«

Ein paar Sekunden später war Ethan am Apparat.

»Hi«, sagte Karen unsicher. Jetzt, da sie mit ihm reden konnte, verließ sie der Mut. Sie wusste nicht mehr, ob sie ihn mit der Wahrheit konfrontieren sollte.

»Was ist denn los?«, fragte Ethan fröhlich.

Seine Fröhlichkeit jedoch irritierte sie und sie dachte: Ethan, du hast mich angelogen. Aber jetzt bist du fröhlich, weil du glaubst, dass du mit deinen Lügereien davonkommst.

»Ethan, ich bin nach der Schule zum *Sizzler* gefahren«, sagte sie mit harter, kalter Stimme. »Weil ich mit dir reden wollte. Doch man hat mir gesagt, dass du dort nicht mehr arbeitest.«

Schweigen. Ein langes Schweigen, bis Ethan endlich seine Sprache wiederfand. »Ja, das stimmt. Eigentlich wollte ich es dir schon lange sagen.«

»Ja, und warum hast du das nicht getan?«, fragte Karen mit schriller Stimme.

»Weil... weil ich Angst hatte, dass du mich für jemanden hältst, der immer gleich alles hinschmeißt.«

Was für eine lahme Ausrede, dachte Karen und spielte nervös mit der Telefonschnur. Sogar mir wäre eine bessere eingefallen.

»Der Job… er war einfach eine zu große Belastung. Meine Noten wurden immer schlechter«, fuhr Ethan fort. Je mehr er redete, umso weniger überzeugend klang er. »Deshalb hielten meine Eltern es für besser, dass ich kündige.«

»Das ist nun zwei Wochen her«, sagte Karen vorwurfsvoll.

»Ja. Ich wollte es dir sagen. Wirklich«, beharrte er. »Ich meine, deshalb konnte ich mit dir auch nicht mehr so oft ausgehen. Weil ich kein Geld mehr hatte.«

Lügner! Lügner!, dachte Karen verbittert. »Ich habe doch etwas Geld«, sagte sie.

»Schon, aber…«

»Das heißt doch, wir können uns jetzt am Samstagabend treffen, weil du nicht mehr arbeitest, richtig? Also gehen wir in den Tanz-Club, oder?«

Schweigen.

»Na ja, ich weiß nicht…«, fing Ethan an.

Da wurde das Gespräch durch lautes Klicken unterbrochen.

»Ach, das ist der Anrufanmelder!«, stöhnte Karen. »Bleib dran, Ethan. Leg nicht auf.« Ihre Stimme zitterte. »Ich hoffe, das ist nicht wieder dieser fiese Typ. Er jagt mir eine höllische Angst ein. Wirklich!«

Wieder klickte es. Fast eine Minute Schweigen.

Dann war Karen wieder am Apparat. »Ethan… kannst du rüberkommen?«, flehte sie atemlos. »Er war's wieder!«

»Karen… versuch doch, ruhig zu bleiben«, bat Ethan.

»Ich kann einfach nicht anders!«, schrie sie. »Er

hat so hässliche Dinge gesagt, Ethan… Bitte, komm schnell! Er hat gesagt, dass er mich direkt sehen kann! Er hat gesagt, dass er mich beobachten kann, wann immer er will!«

»Karen, bitte! Atme tief ein«, riet Ethan ihr.

»Er sagte, er würde kommen und mir die Kehle durchschneiden!«, schrie Karen außer sich. »Und er würde bald kommen!«

»Karen…?«

»Bitte, Ethan! Komm schnell! Du musst mir helfen! Wir müssen herausfinden, wer mir das antut. Das ist kein Spaß mehr. Das muss aufhören. Der Typ meint, was er sagt. Das weiß ich…« Ein spitzer Schrei folgte. »Ethan! Es hat geläutet! Gerade hat jemand geläutet!«

Karen eilte die Treppe hinunter, zur Haustür. Die Räume im Erdgeschoss waren dunkel, denn ihre Mutter arbeitete an diesem Abend noch und Chris war mit Freunden ausgegangen. Sie war ganz allein zu Hause.

Keuchend blieb sie vor der Tür stehen, das Gesicht ans Holz gepresst und rief. »Wer ist da?«

Schweigen. Und dann ein tiefes, teuflisches Lachen.

Karen riss die Tür auf. »Adam? Was machst du denn hier?«

»Ich bin gekommen, weil ich Blut trinken will!«, verkündete Adam mit seiner Vampir-Stimme. Dann hob er beide Hände, als wolle er sie angreifen, und starrte sie aus großen Augen hinter seiner Brille mit dem schwarzen Rand drohend an.

»Adam, ich bin heute Abend ziemlich gestresst«, sagte Karen und seufzte. »Ich habe wirklich keinen Bock auf deine Späße.«

»Wer sagt denn, dass das ein Spaß ist?«, fragte er und ging einfach an ihr vorbei ins Wohnzimmer. Wie üblich trug er seine zu kurze khakifarbene Jacke und hatte beide Hände in den Taschen vergraben.

»Ist deine Mom zu Hause?« Er schielte durch den dunklen Raum in Richtung Arbeitszimmer.

Karen schüttelte den Kopf. »Nein. Mom arbeitet noch, wie immer. Und Chris ist ausgegangen. Wahrscheinlich bringt er sich wieder mal in Schwierigkeiten.«

»Und warum hast du dann so viel Stress?«, fragte Adam und sah seine Cousine prüfend an.

Karen zuckte mit den Schultern. »Einfach nur so.« Sie hatte wirklich keine Lust, über die Drohanrufe mit Adam zu reden. Vom ersten Anruf hatte sie ihm erzählt, aber jetzt wollte sie nicht näher darauf eingehen. Außerdem, was konnte er denn tun, um ihr zu helfen?

»Adam, bist du nur zum Schwatzen hergekommen?«, fragte sie ungeduldig.

»Nein«, antwortete er kopfschüttelnd. »Ich wollte dich bitten, mir deine Notizen über die Geschichtsstunde gestern zu leihen. Die über die Französische Revolution. Du hast doch mitgeschrieben, oder?«

»Ja, natürlich. Ich habe sie oben, in meinem Zimmer. Aber ich brauche sie am Wochenende wieder«, antwortete Karen.

»Ich schreibe sie ab und bringe sie dir morgen zurück«, entgegnete Adam. »Versprochen.«

Sie stieg die Treppe hoch; Adam folgte ihr.

»Ich liebe die Französische Revolution«, sagte Adam, und ein seltsames Grinsen überzog sein blasses Gesicht. »Die Guillotine und die vielen Enthauptungen.«

»Pfui Teufel!«, murmelte Karen und nahm ihr Geschichtsheft aus ihrer Schultasche.

»Plopp! Ein Schnitt, und schon ist alles vorbei!« Adam machte mit der Handkante an seinem Hals eine schneidende Bewegung. »Hast du dich nie gefragt, was mit all den Köpfen passiert ist?«, fragte er, noch immer grinsend. »Ich meine, was haben sie mit den Köpfen gemacht, nachdem das Fallbeil sie vom Rumpf getrennt hatte? Haben sie sie einfach weggeworfen? Oder mit dem Körper begraben? Oder sie wieder an den Rumpf genäht und dann begraben? Oder haben sie den Kopf allein beerdigt? Vielleicht in einer Hutschachtel oder etwas Ähnlichem?«

»Adam, du machst mich total krank! Echt!«, murmelte Karen und verdrehte die Augen. Sie gab ihm ihr Geschichtsheft.

»Kannst du dir vorstellen, wie das Blut aus dem Körper gesprudelt ist, während der Kopf in den bereitgestellten Korb fiel? In den Geschichtsbücher nsteht wirklich wenig über diese Dinge.«

»Gott sei Dank!«, verkündete Karen. »Du bist wirklich verrückt – du spinnst!«

»Nein. Ich interessiere mich eben für Geschichte«, entgegnete er.

Sie schubste ihn in Richtung Tür. »Geh nach Hause, Adam.«

Plötzlich wurde Adam ernst. »Hast du wieder einen solchen Drohanruf bekommen, Karen? Stehst du deshalb so unter Stress?«

»Ja, der Mistkerl hat nochmal angerufen«, gestand sie. »Ein paar Minuten, bevor du kamst.«

»Wirklich?«

»Es war richtig unheimlich«, sagte Karen. »Er drohte mir.«

Sie versuchte, in Adams Gesicht zu lesen. Wollte er etwa ein Grinsen unterdrücken? Irgendetwas irritierte und erschreckte sie. Aber was?

Er ging zur Tür. »Ich habe mich wohl geirrt, als ich diesen Anruf für eine einmalige Angelegenheit hielt«, sagte er ruhig. »Besser, du nimmst das nicht auf die leichte Schulter.

Nur wenig später, nachdem Adam gegangen war, läutete wieder jemand an der Tür. Karen war in ihr Zimmer gegangen und machte Hausaufgaben. Beim zweiten Läuten schlug sie ihr Buch zu und sprang auf.

»Das muss Ethan sein!«, sagte sie laut und lief – zwei Stufen auf einmal nehmend – die Treppe hinunter. Sie riss die Tür auf.

»Ethan?«

Keine Antwort.

Sie starrte in die Dunkelheit, dann stockte ihr der Atem.

»Micah!«, rief sie schockiert.

»Ich muss mit dir reden«, antwortete Micah vor

dem Windfang. Ihre Augen bohrten sich in die Karens.

»Nein. Wir haben nichts zu bereden«, sagte Karen kalt.

»Karen, lass mich rein!«, rief Micah nervös und stieß die Tür ganz auf.

»Micah, ich habe zu tun«, beharrte Karen. Trotzdem trat sie beiseite, damit Micah ins Haus gehen konnte.

Micah hatte ihr dickes blondes Haar mit einem blauen Band nach hinten gebunden. Über einem unförmigen gelben Pullover trug sie eine hellblaue Daunenweste und dazu verwaschene Jeans mit durchlöcherten Knien. Karen führte Micah ins Wohnzimmer und stellte sich mit verschränkten Armen vor ihre ehemalige Freundin.

Micah wirkte verlegen. Trotzdem sagte sie empört: »Ich dachte, wir beide wären Freundinnen.«

»Das dachte ich auch«, erwiderte Karen kalt. »Aber das ist wohl vorbei.«

Was will sie hier?, fragte sich Karen. Sie ist nicht mehr meine Freundin. Sie ist eine Verräterin. Eine *Verräterin*!

»Ich mache mir wirklich Sorgen um dich«, sagte Micah und ignorierte Karens höhnisches Grinsen.

»Kümmere dich um deinen eigenen Kram!«, blaffte Karen.

»Nein, tu ich nicht. Und jetzt hör mir mal zu«, sprach Micah weiter und machte einen Schritt auf Karen zu. Mit ihren grünen Augen musterte sie die andere eindringlich. »Wir sind doch Freudinnen, Karen, und...«

»Wir waren Freundinnen«, unterbrach sie Karen, mit einem traurigen Unterton in der Stimme. Sie bemühte sich, nicht die Fassung zu verlieren.

Micah wandte sich ab. »Es tut mir Leid, dass du die Dinge so siehst«, murmelte sie.

»Ich sehe sie nicht so, ich fühle es«, beharrte Karen wütend.

Micah räusperte sich. Dann ließ sie die Arme sinken und und ballte die Hände zu Fäusten, wobei ihr Armband mit den Glücksbringern laut klirrte.

»Das ist Ethan wirklich nicht wert«, sagte sie, ihre Stimme erstarb zu einem kaum noch hörbaren Flüstern.

»Wie?« Karen wusste nicht, ob sie Micah richtig verstanden hatte.

»Ich bin nur deshalb gekommen, um dir zu sagen, dass Ethan das nicht wert ist«, wiederholte Micah heftig. »Wirklich nicht.«

»Du weißt etwas! Bist du sicher, dass er mit Wendy geht?«, fragte Karen.

Micah wollte etwas antworten, änderte aber ihre Meinung.

»Los, Micah! Komm schon! Sag mir, was du weißt!«, forderte Karen mit schriller Stimme. »Rede endlich!«

Doch Micah schüttelte nur traurig den Kopf und wiederholte: »Er ist es nicht wert, Karen.«

»Rede! Verdammt noch mal!«, schrie Karen.

»Ich… ich kann nicht mit dir reden«, sagte Micah und wollte zur Tür gehen. »Das habe ich endlich begriffen. Ich kann jetzt nicht mit dir reden.« Mit diesen Worten ging sie schnell zur Haustür.

Karen lief hinter ihr her. »Sag mir, was du weißt«, bat sie. »Bist du nicht extra deshalb gekommen, Micah? Damit ich die Wahrheit über Ethan und Wendy erfahre?«

Micah legte die Hand auf die Klinke und öffnete die Tür. »Es tut mir Leid«, sagte sie ruhig. »Es tut mir wirklich Leid.« Dann verschwand sie.

Schwer atmend lehnte Karen mit dem Rücken an der Tür und wartete, bis ihr Herz wieder normal schlug.

Ich habe total die Kontrolle verloren, wurde ihr bewusst, habe mich unmöglich aufgeführt. Micah muss denken, dass ich verrückt bin.

Warum ist Micah gekommen? Was wollte sie?

Karen konnte nicht mehr klar denken. Ihre Gedanken rasten, waren ein Chaos.

Wollte Micha sie warnen? Oder ihr etwas über Ethan und Wendy erzählen? Ihr helfen? Sie wusste es nicht.

Vielleicht wäre Micah bereit gewesen zu reden, wenn ich sie nicht angeschrien hätte, dachte Karen. Aber ich habe die Kontrolle verloren.

Ich muss mich zusammennehmen. Aber ich stand so unter Stress...

Sie ging in die Küche und setzte einen Topf mit Milch auf den Herd. Heißer Kakao wird mir gut tun, dachte sie, wird mir helfen, mich zu beruhigen.

Als sie einen Becher aus dem Küchenschrank holen wollte, läutete das Telefon. Sie lief zu dem Apparat an der Wand und nahm den Hörer ab. »Hallo?«

»Hi, Karen. Ich bin's.«

Ethan.

»Hi. Wo steckst du? Du müsstest doch schon längst hier sein.«

»Ich kann nicht kommen«, sagte Ethan zögernd. »Tut mir wirklich Leid, Karen. Aber meine Eltern brauchen das Auto und außerdem muss ich zu Hause bleiben und auf meinen kleinen Cousin aufpassen.«

»Ja, dann...«, sagte Karen, unfähig, ihre Enttäuschung zu verbergen.

»Geht's dir wieder besser? Willst du nicht wenigstens die Polizei anrufen?«, fragte Ethan.

»Ich weiß nicht«, antwortete sie. »Ich weiß nicht, was ich tun soll.«

»Wann kommt denn deine Mom nach Hause?«

»Bald«, sagte sie und warf einen Blick auf die Uhr über dem Spülbecken. »Sie sollte jeden Moment hier sein.«

»Sehr schön«, sagte Ethan erleichtert. »Dann bist du also okay?«

»Es geht«, antwortete sie zweifelnd.

»Ach ja, fast hätte ich's vergessen. Wir können zum Tanzen gehen. Wenn du noch immer möchtest. Am Samstag.«

»Super!«, rief sie. Sofort besserte sich ihre Laune. »Das ist echt riesig, Ethan!«

Dann geht er also mit mir am Samstagabend aus, dachte sie glücklich. Mit mir – nicht mit Wendy!

Die beiden redeten noch eine Weile. Ethan drängte sie, die Polizei wegen der unheimlichen Anrufe einzuschalten, und Karen antwortete, dass sie es vielleicht tun wolle.

Als die Milch fast überkochte, verabschiedete sie sich von ihm und legte auf.

Sie ging durch die Küche zum Herd und wollte gerade den Topf beiseite stellen, als sie sah, dass sich die Tür des Besenschranks bewegte.

Mit einem leise knarrenden Geräusch öffnete sie sich ein paar Zentimeter.

Karen starrte die Tür an und vergaß zu atmen.

Wieder ein leises Knarren.

Die Tür schwang langsam weiter auf.

Karen presste ihre Hände an die Wangen. »Wer... wer ist da?«, fragte sie mit unterdrücktem Keuchen.

Da schwang die Tür – dieses Mal laut knarrend – vollends auf. Und als Karen voller Entsetzen darauf starrte, fiel Chris' Körper polternd vor ihr aus dem Schrank zu Boden.

Karen schrie auf. Chris lag völlig ruhig da, ein Arm unter dem Körper, ein Bein in bizarrem Winkel abgebogen.

»Chris... Chris...?«

War ihr Bruder ermordet worden und hatte der Täter ihn in den Besenschrank gesteckt?

Zögernd machte Karen einen Schritt auf den bewegungslosen Körper zu.

Oder war das wieder einer seiner dämlichen Scherze? Ja, natürlich, das muss wieder so ein blöder Streich sein, dachte sie. Bitte, lieber Gott, mach, dass es ein Scherz ist!

Und da grinste Chris sie auch schon an. »Ich kann mich einfach nicht mehr beherrschen«, sagte er. »Du hast ein derart schockiertes Gesicht gemacht, dass ich nicht mehr an mich halten konnte.«

»Du hast mich keine Sekunde getäuscht«, log sie und stieß einen tiefen Seufzer aus. »Ich wusste gleich, dass du wieder mal Komödie gespielt hast.«

»Du lügst! Du bist eine Lügnerin, Karen. Du bist voll drauf reingefallen. Du hättest mal dein Gesicht sehen sollen. Riesig!«, lachte er triumphierend und stand auf.

»Wann bist du eigentlich nach Hause gekommen?«, fragte Karen und ignorierte das hämische Grinsen ihres Bruders.

»Vor ein paar Minuten«, antwortete er. »Ich hörte dich ins Wohnzimmer gehen. Da habe ich mich im Besenschrank versteckt. Diese Gelegenheit konnte ich mir einfach nicht entgehen lassen.«

»Deine bescheuerten Scherze bringen mich noch um, Chris«, sagte Karen betrübt. »Wirklich, die bringen mich noch um.«

11

Als Karen am Samstagabend gerade ihr Haar föhnte, hörte sie die Haustürklingel. »Chris, könntest du mal aufmachen?«, rief sie ihrem Bruder im Nebenzimmer zu. »Das muss Ethan sein. Ich bin noch nicht fertig.«

Sie hörte, wie Chris die Treppe hinunterging und schaltete dann den Föhn wieder ein.

Chris öffnete die Haustür und begrüßte Ethan: »Na, wie geht's, Alter?«

Ethan ging in den Flur und schüttelte sich, als wollte er die Kälte abschütteln. »Mann, es ist brutal frostig da draußen«, murmelte er.

Eine Windbö hatte die Tür des Windfangs aufgerissen. Nur mit Mühe konnte Chris sie wieder schließen.

»Was für ein Winter«, sagte Chris und machte die Haustür hinter Ethan zu. »Hört denn dieser Wind nie mehr auf? Das ist ja schon fast ein Hurrikan.«

»Mir brauchst du das nicht zu sagen«, murmelte Ethan. Er warf einen Blick die Treppe hoch. »Ist Karen fertig?«

»Nein. Eben noch habe ich ihren Föhn gehört«, antwortete Chris.

»Geht's ihr gut?«, fragte Ethan nervös. »Sie hat doch keine Drohanrufe mehr bekommen, oder?«

»Ich glaube nicht«, sagte Chris. »Wahrscheinlich ist sie heute Abend nur etwas langsam drauf.« Er geleitete Ethan ins Wohnzimmer. »Zieh deine Jacke aus.«

Ethan hängte seine Jacke über eine Stuhllehne.

»Nettes Hemd hast du da an«, bemerkte Chris und musterte Ethans weit geschnittenes, seidig glänzendes Oberhemd mit einem rotgoldenen Muster. »Hat dir da jemand draufgekotzt?«

»Ha, ha, sehr witzig!«, entgegnete Ethan und runzelte die Stirn. »Wir wollen in diesen neuen Tanz-Club gehen. Du weißt schon – den am Fluss. Den *River Club.*«

»Blöder Name«, sagte Chris und nahm sich eine Hand voll Cashew-Nüsse aus der Glasschale, die auf dem Tisch stand. Er schob Ethan die Schale zu.

»Danke«, meinte Ethan und schob ein paar Nüsse in seinen Mund. »Ich habe nämlich heute noch nicht zu Abend gegessen.«

»Du bist auch früh dran, Mann«, erklärte Chris mit einem Blick auf die Kaminuhr.

»Ich weiß«, entgegnete Ethan und schob noch mehr Nüsse in den Mund. »Aber ich wusste nicht mehr, für wann wir verabredet waren. Und als ich anrufen wollte, war wegen eures Anrufmelders kein Durchkommen.«

»Wie?«, fragte Chris, der sich ebenfalls ein paar Nüsse in den Mund stecken wollte, doch mitten in der Bewegung innehielt.

»Euer Anrufmelder – das Ding funktioniert wohl nicht, denn ich hatte immer das Besetztzeichen und konnte nicht durchkommen«, antwortete Ethan.

Chris senkte die Hand mit den Nüssen und sah Ethan verwundert an. »Worüber redest du eigentlich, Ethan?«, fragte er verblüfft. »Wir haben überhaupt keinen Anrufmelder.«

Ein paar Minuten später kam Karen, zum Ausgehen fertig, die Treppe herunter. Sie trug eine gelbe, seidig glänzende Bluse zu einem Minirock aus Wildleder und dunkelgrüne Stumpfhosen.

»Hallo, Leute! Ich bin bereit!«, rief sie fröhlich und blieb überrascht am Fuß der Treppe stehen, als sie Ethan, Chris und ihre Mutter dicht nebeneinander auf der Couch im Wohnzimmer sitzen sah. Die drei flüsterten, schwiegen bei ihrem Erscheinen aber sofort.

»Was ist denn los?«, fragte sie und schenkte Ethan ein strahlendes Lächeln.

Niemand reagierte auf ihre Frage, die drei starrten sie nur an, und Karens Lächeln erlosch.

»Gibt's Probleme? Habe ich meine Bluse verkehrt zugeknöpft, oder was ist los?«, fragte Karen, nervös kichernd, und trat näher, den Blick unverwandt auf die anderen gerichtet.

Ihre Mutter stand auf und sagte mit angespannter Stimme. »Karen, Ethan und dein Bruder haben mir gerade eine höchst beunruhigende Geschichte erzählt. Es geht um den Anrufmelder.«

»Wie?« Karen begriff nicht. »Anrufmelder?«

»Wir haben gar keinen *Anrufmelder*«, sagte Chris vehement. »Du hast behauptet...«

»Ach, du meine Güte!«, rief Karen, als ihr dämmerte, worüber geredet wurde.

»Halt den Mund, Chris!«, befahl Mrs. Masters mit schneidender Stimme. »Lass mich mit ihr reden.«

Karen fühlte, wie ihr Gesicht anfing zu brennen. Sie wusste, dass sie einen puterroten Kopf hatte. Als sie Ethan anschaute, wandte er den Blick ab und schien immer kleiner zu werden.

»Was ist das für eine Geschichte mit diesen Drohanrufen?«, fragte Mrs. Masters, die Hände ineinander verkrampft.

»Na ja...«, sagte Karen und atmete tief ein.

»Du hast Ethan erzählt, dass dich jemand am Telefon bedroht«, fuhr ihre Mutter fort, und ihre dunklen Augen bohrten sich in die Karens, als ob sie der Wahrheit sofort auf die Spur kommen wollte. »Jedes Mal, wenn du mit Ethan telefoniert hast.« Mrs. Masters sah Ethan an. »Ist das richtig?«

Ethan nickte verlegen und schien noch mehr zu schrumpfen.

»Du hast behauptet, wir hätten einen Anrufmelder«, sagte Mrs. Masters anklagend. »Aber den haben wir nicht, Karen. Also frage ich dich: Wie haben dich diese Drohanrufe eigentlich erreicht?« Sie starrte ihre Tochter noch eindringlicher an, die Hände fest an ihren Körper gepresst, während Chris mit gerunzelter Stirn verständnislos den Kopf schüttelte. Ethan streifte sie mit einem Blick und Karen sah, wie verletzt und verwirrt ihr Freund war.

»Okay, okay«, flüsterte sie kaum hörbar. »Okay, okay...«

Dann ließ sie sich schwer in den Sessel fallen, der der Couch gegenüberstand. Dort saß sie mit hängenden Schultern und gesenktem Kopf, damit sie den forschenden Blicken der anderen ausweichen konnte.

»Karen, auf welche Weise hast du diese Drohanrufe bekommen?«, fragte ihre Mutter sanft.

»Ich habe überhaupt keine bekommen«, murmelte Karen.

»Wie?«, fragte Mrs. Masters.

»Niemand hat mich am Telefon bedroht«, sagte Karen. »Ich habe alle diese Anrufe erfunden.« Mit zitternder Hand strich sie sich eine Haarsträhne aus der Stirn. »Das... das ist mir sehr peinlich«, fuhr sie fort, den Blick noch immer gesenkt. Sie spürte, wie sich ihre Nackenmuskeln verkrampften.

»Aber warum, Karen?«, fragte Mrs. Masters. »Warum hast du so etwas getan?«

»Du behauptest doch immer, dass meine Scherze die dämlichsten seien!«, warf Chris empört ein. »Aber was du dir geleistet hast, ist das Dämlichste, was mir je untergekommen ist!«

»Chris... bitte!«, schalt Mrs. Masters ihren Sohn. »Lass deine Schwester doch wenigstens ausreden. Und außerdem handelt es sich hierbei nicht um einen Scherz. Das ist eine sehr ernste Angelegenheit.« Ihre Stimme verebbte und sie musste hart schlucken. Dann wiederholte sie ruhig. »Eine sehr ernste Angelegenheit.«

»Ich will aber nicht darüber reden«, entgegnete Karen und rieb sich ihren Nacken. »Doch Chris hat Recht. Das Ganze war dämlich.«

»Karen, es tut mir Leid, aber wir *müssen* darüber reden«, sagte ihre Mutter. Sie ging zu Karen und legte ihr beruhigend die Hand auf die Schulter. »Ich will dich nicht in Verlegenheit bringen, Liebes. Ich will dir helfen. Und deshalb muss ich wissen, warum du diese Drohanrufe erfunden hast.«

»Um Ethan nicht zu verlieren!«, platzte Karen mit schriller Stimme heraus. Tränen traten in ihre Augen. Sie hielt den Atem an, um nicht laut zu schluchzen.

Gleich darauf spürte sie, wie die Hand ihrer Mutter sie sanft streichelte. »Das verstehe ich nicht«, entgegnete Mrs. Masters leise.

Zwei heiße Tränen rannen über Karens Wangen. Sie wischte sie weg. »Ethan wollte nicht mehr mit mir ausgehen, sondern mit Wendy«, antwortete Karen und mied den vorwurfsvollen Blick ihrer Mutter.

»Das stimmt doch nicht!«, protestierte Ethan und rutschte an die Sofakante. »Das ist nicht wahr, Karen.«

»Ich... ich habe die... die Anrufe er... erfunden, damit er bei mir bleibt«, sagte Karen zögernd und schluchzend. Dann sah sie ihre Mutter flehend an. »Oh, Mom – das alles ist mir so entsetzlich peinlich! Können wir jetzt nicht einfach weggehen...? Ich möchte in den Club.«

Mrs. Masters strich ihrer Tochter übers Haar, doch Karen wandte den Kopf zur Seite.

»Lass Ethan und mich doch endlich gehen«, bat sie flehentlich. »Ich hab's zugegeben, okay? Es war idiotisch von mir... Aber kann ich jetzt gehen?«

»Das ist ja krankhaft«, hörte sie Chris murmeln. »Richtig krankhaft!«

»Halt den Mund, Chris!«, fauchte Karen.

»Karen!«, sagte ihre Mutter erbost. »Du scheinst nicht zu begreifen, wie ernst dieser Vorfall ist. Du...«

»Doch, das tue ich!«, unterbrach Karen sie und sprang auf. »Ich habe begriffen, okay? Aber ich habe mich entschuldigt, oder nicht? Bin ich heute Abend nicht genug gedemütigt worden? Ich sagte ja, es ist mir peinlich.«

»Das braucht dir nicht peinlich zu sein«, sagte Mrs. Masters und sah ihre Tochter besorgt an. »Wir alle sind sehr betroffen über das, was passiert ist, Liebes. Und ich... ich werde mich darum kümmern, dass du Hilfe bekommst. Denn du brauchst Hilfe.«

»Hilfe? Was soll das heißen, *Hilfe*?«, schrie Karen außer sich. Sie fühlte, wie sie jetzt die Kontrolle verlor. Aber sie konnte nichts dagegen tun. Was faselte ihre Mutter von *Hilfe*?

»Ich habe was Blödes gemacht. Das ist alles«, murmelte sie.

»Aber es ist wichtig herauszufinden, warum du das getan hast«, beharrte ihre Mutter.

»Soll das etwa heißen, du schickst mich zu einem Seelenklempner?«, schrie Karen und starrte ihre Mutter wütend an.

»Ehe Adam mit seiner Familie von hier fortziehen musste, war er bei einem sehr guten Arzt in Behandlung, denn er konnte sich mit dem bevorstehenden Umzug nicht abfinden. Dieser Arzt hat ihm damals sehr geholfen. Ich rufe gleich mal an und lasse mir den Namen geben.«

»Mutter, ich brauche keinen Arzt!«, stieß Karen zwischen zusammengepressten Zähnen hervor.

»Es schadet nicht, mit jemandem zu reden«, erklärte Mrs. Masters.

»Du bist wirklich verrückt!«, warf Chris ein und reckte die Arme über seinen Kopf. »Total verrückt!«

»Chris… ich warne dich«, sagte Mrs. Masters zornig. »Eigentlich solltest du der Mann in der Familie sein, aber du benimmst dich wie ein zweijähriges Kind.«

»He, *ich* bin doch nicht verrückt, oder?«, protestierte Chris.

Ethan saß mit ineinander verkrampften Händen auf der Sofakante und starrte zur Tür.

»Darf ich nun ausgehen oder nicht?«, fragte Karen und funkelte ihre Mutter wütend an.

Mrs. Masters zögerte, unentschlossen nagte sie an ihrer Unterlippe. »Nur wenn du mir versprichst, einen Arzt aufzusuchen«, antwortete sie schließlich.

»Okay, ich bin einverstanden«, sagte Karen widerwillig. Dann wandte sie sich an Ethan. »Komm, wir gehen!«

Ethan stand auf. Er war völlig durcheinander und vermied es, Karen anzusehen. Sie sah, dass seine Wangen gerötet waren, und sie dachte verzweifelt: Dieses Mal habe ich wirklich alles vermasselt. Alle denken, dass ich verrückt bin. Auch Ethan. Jetzt wird er mich endgültig verlassen. Warum sollte er sich mit einer Verrückten abgeben?

Das Erfinden dieser Drohanrufe hatte sie als harmloses Mittel betrachtet, um Ethan an sich zu binden. Denn als sie ihn beobachtet hatte, wie er mit Wendy redete, mit ihr lachte, den Arm um sie legte, war ihr bewusst geworden, dass sie alles tun würde, um Ethan nicht zu verlieren. Alles!

Doch ihr aus der Verzweiflung geborener Plan war gescheitert. Wenn man sie nur nicht erwischt hätte…

Ethan folgte ihr zum Garderobenschrank im Flur und half ihr in die Jacke.

Er starrt mich an, als wäre ich nicht richtig im Kopf, dachte Karen und war todunglücklich. Er hält mich für eine Bekloppte.

»Kommt nicht zu spät heim!«, rief Mrs. Masters aus dem Wohnzimmer.

»Warte nicht auf mich!«, antwortete Karen und zwang sich, Ethan anzulächeln. Doch er erwiderte ihr Lächeln nicht.

Die beiden gingen in die stürmische, kalte Nacht hinaus. Auch die Sitze des roten Bonneville waren kalt. Karen konnte die Kälte sogar durch ihre Kleidung hindurch spüren.

Während der Fahrt schwieg Ethan, den Blick starr auf die Straße gerichtet, einen nachdenklichen Ausdruck im Gesicht.

»Das… das alles tut mir… es tut mir wirklich Leid. Entschuldige bitte«, sagte Karen und legte ihre Hand auf seine.

»Schon gut«, antwortete er, ohne sie anzusehen.

Sie lachte gezwungen. »Eigentlich ist das Ganze doch auch ganz lustig, nicht?«

»Wenn du meinst«, antwortete er zögernd.

Im *River Club* schien sich Ethans Laune etwas zu bessern. Er wirkte fröhlicher. Die beiden gingen sofort auf die Tanzfläche und tobten sich zu den lauten, dröhnenden Rhythmen unter den bunten Disco-Blitzern aus.

Gerade als Karen sich besser zu fühlen begann, geleitete Ethan sie zu einem der Tische am Rand der Tanzfläche. »Ich komme gleich zurück!«, rief er ihr über die laute Musik zu.

Und noch ehe Karen protestieren konnte, war er in der Menge verschwunden.

Wo will er so eilig hin?, fragte sich Karen. Sie hatte sich nicht gesetzt, sondern stand an der Wand und sah den zuckenden Gestalten der Tanzenden unter den bunten Blitzen der Lichtorgel mit Unbehagen zu.

Als Ethan nach fünf Minuten noch nicht wieder da war, setzte sich Karen an einen der kleinen Tische. Mit aufgestützten Ellbogen, den Kopf in den Händen, suchte sie die Menge unablässig nach Ethan ab.

Wo ist er nur? Was macht er? Dann kam ihr ein entsetzlicher Gedanke: Wenn er mich nun hier hat sitzen lassen? Sie sprang auf.

Nein. Natürlich nicht, sagte sie sich. Ich raste schon wieder aus.

Trotzdem beschloss sie, nach ihm zu suchen und bahnte sich einen Weg durch die dicht gedrängt Tanzenden.

Die anderen wirken alle so glücklich, dachte sie. Warum können Ethan und ich nicht auch glücklich sein?

Als sie ihn schließlich entdeckte, blieb sie abrupt stehen. Er lehnte an der Wand und telefonierte an dem dort angebrachten Münzfernsprecher. Die linke Hand hatte er auf sein Ohr gepresst, um wegen des Lärms besser hören zu können. Wen hat er nur angerufen?, fragte sich Karen.

Da blickte Ethan auf und sah seine Freundin. Er winkte ihr kurz zu und wandte sich dann von ihr ab, während er weiter telefonierte.

Karen stand wie angewurzelt am Rand der Tanzfläche, vom dröhnenden Rhythmus der Musik umgeben und von dem aufblitzenden Schein der Lichtorgel geblendet. Sie schloss die Augen, doch die zuckenden Farbimpulse quälten sie weiter.

Als sie die Augen wieder öffnete, stand Ethan vor ihr.

»Hast du gerade Wendy angerufen?«, platzte sie heraus.

»Wie?« fragte er und fuhr mit der Hand durch sein langes Haar. Dann beugte er sich vor, um Karen besser verstehen zu können.

»Hast du gerade Wendy angerufen?«, wiederholte sie, in sein Ohr schreiend.

»Das ist doch total absurd«, antwortete Ethan, die Stirn runzelnd.

»Schwör mir, dass du nicht mit Wendy ausgehst!«, schrie Karen.

»Was? Ich kann dich nicht verstehen.« Er brachte sein Gesicht so nah an ihres, dass sein Haar ihre Wange streifte.

»Schwör mir«, schrie Karen, »dass dich Wendy nicht interessiert!«

Ethan hob feierlich die rechte Hand, wie zum Schwur. »Ich schwöre es!«, rief er.

Glaubte sie ihm? Sie war sich nicht sicher.

Und als sie zu tanzen anfingen – einen langsamen Schmusetanz –, hielt sie Ethan so fest, so fest, dass er sich nicht von ihr lösen konnte, selbst wenn er es gewollt hätte.

12

Fast zwei Wochen später, an einem verschneiten Donnerstagabend, besuchte Ethan Karen zu Hause nach dem Abendessen, weil die beiden zusammen lernen wollten. Mrs. Masters öffnete die Tür und bat ihn herein.

»Gibt's schon Eis?«, fragte sie und schaute über seine Schulter, als er die nassen Stiefel auf der Fußmatte abstreifte.

»Ja, es ist sehr glatt«, antwortete Ethan und schüttelte Schneeflocken aus seinem langen schwarzen Haar.

»Ehe du zu Karen hochgehst, möchte ich dir danken«, sagte Mrs. Masters ruhig.

»Mir danken?«, entgegnete Ethan überrascht. Er streifte seinen Schulsack ab und ging hinter ihr her.

»Du bist so rücksichtsvoll gewesen«, sagte Mrs. Masters leise am Fuß der Treppe. Sie wollte nicht, dass Karen sie hörte. »So rücksichtsvoll und besonnen Karen gegenüber. Das weiß ich wirklich zu schätzen, Ethan.«

Seine Wangen röteten sich und er schüttelte verlegen den Kopf, als wollte er das Kompliment abwehren.

»Du kümmerst dich so rührend um Karen, besuchst sie jeden Abend, und auch an den Wochenenden seid ihr zusammen«, fuhr Mrs. Masters fort.

Seine Verlegenheit schien sie nicht zu bemerken. »Ich weiß nicht, was ohne dich aus ihr geworden wäre, wenn du ihr nicht in dieser schweren Zeit beigestanden hättest.«

»Ja«, sagte Ethan ausweichend, »das freut mich.«

»Dr. Rudman sagt, die Gesprächstherapie mit Karen sei sehr positiv verlaufen«, sprach Mrs. Masters weiter und vergrub die Hände in den Taschen ihrer Jeans. »Er meint, Karen mache große Fortschritte.«

»Fantastisch«, murmelte Ethan.

»Ich möchte dich nicht in Verlegenheit bringen«, fuhr Mrs. Masters fort und lächelte herzlich. »Ich möchte dir nur noch einmal danken, weil du für Karen da bist. Und jetzt geh zu ihr.«

»Okay. Danke«, entgegnete Ethan, schwang seinen Schulsack über die Schulter und ging eilig die Treppe hoch.

Als Ethan das Zimmer Karens betrat, sah sie von ihrem Buch auf. »Worüber hat Mom denn mit dir gesprochen?«, fragte sie.

»Ach, nur über das Wetter«, antwortete Ethan.

Karen wollte gerade etwas darauf sagen, da klingelte das Telefon. Nach dem ersten Läuten nahm sie ab. »Hallo?«

»Karen, ich bin all das, was du dir vorstellst, und ich rede jetzt mit dir«, flüsterte eine raue, kehlige Stimme in ihr Ohr. *»Ich stecke in deinem Kopf und werde dich töten. Ich werde dich wirklich töten.«*

»Nein!«, schrie Karen.

Der Telefonhörer fiel ihr aus der Hand und landete klappernd auf dem Schreibtisch.

»Was ist denn?«, wollte Ethan wissen und riss vor Überraschung die Augen weit auf.

»Dieses Mal stimmt es«, stöhnte Karen mit erstickter Stimme. »Ethan, dieses Mal hat wirklich jemand angerufen…«

Er schnappte sich den Hörer und presste ihn an sein Ohr. »Hallo? Hallo? Wer spricht da?«

Karen starrte ihn an, während er konzentriert lauschte. Dann wandte er sich ihr mit einem verwirrten Gesichtsausdruck zu. »Nur das Freizeichen«, murmelte er und legte den Hörer auf.

Karen umarmte ihn und barg ihr Gesicht an seiner Brust. »Es war so entsetzlich, Ethan! Diese grässlich krächzende Stimme… Er sagte, er wäre all das, was ich mir vorstelle. Er sagte, er stecke in meinem Kopf und werde mich töten!«

Ethan schwieg.

Karen löste sich von ihm und sah ihn prüfend an. »Du glaubst mir doch… oder?«

»Ja… natürlich«, entgegnete Ethan automatisch.

Doch Karen sah den Zweifel in seinen Augen. Er glaubt mir nicht. Ethan glaubt mir nicht.

Sie stieß ihn mit beiden Fäusten wütend von sich. »Dieses Mal hat mich wirklich jemand angerufen!«, schrie sie. »Ein Mann hat mit mir gesprochen, Ethan!«

»Ich glaube dir«, betonte er eine Spur zu nachdrücklich. »Wirklich, Karen. Ich glaube dir.«

Aber seine Augen bewiesen ihr das Gegenteil. An seinem verkniffenen Gesicht erkannte sie, dass er glaubte, sie würde wieder eine Horrorgeschichte erfinden.

13

Spät an diesem Abend lag Karen hellwach in ihrem Bett. Sie konnte nicht einschlafen und starrte zu dem rechteckigen Lichtfleck hoch, den die Straßenlaterne an die Decke warf.

Die Flüsterstimme in ihrem Kopf wiederholte ständig die fürchterliche Drohung: *Ich stecke in deinem Kopf. Ich werde dich töten. Ich werde dich wirklich töten.*

Ethan hat mir nicht geglaubt, dachte sie unglücklich. Unter einem Vorwand ist er gleich nach Hause gegangen. Er hat mir nicht geglaubt, obwohl dieser Anruf Wirklichkeit war. Eine Tatsache. Realität.

Wollte jemand sie *wirklich* töten?

Karen schloss die Augen und versuchte die fürchterliche Drohung aus ihrem Kopf zu verbannen, damit sie endlich einschlafen konnte.

Als sie die Augen wieder öffnete, sah sie huschende Schatten. Bewegungen. Hörte das Knarren der Dielen – und fast lautlose Schritte.

Da ist jemand, stellte sie fest. Jemand ist in meinem Zimmer.

Sie wollte sich aufsetzen, wurde jedoch wie von einem schweren Gewicht niedergedrückt.

Gelähmt. Ich bin gelähmt.

Was geschieht mit mir? Warum kann ich mich nicht aufsetzen?

Wieder knarrten die Dielen, jetzt näher an ihrem Bett. Eine schattenhafte Gestalt beugte sich über sie.

Sie starrte in die Dunkelheit und kämpfte noch immer gegen das auf ihrer Brust lastende lähmende Gewicht. Ihr Haar war verschwitzt und klebte an ihrem Kopf.

Das Phantom bewegte sich und hüstelte leise.

Ich stecke in deinem Kopf. Ich werde dich töten. Ich werde dich wirklich töten.

Geisterhaft glitt ein Schatten über knarrende Dielen hin und her.

»Wer – wer ist da?«, flüsterte sie mit rauer Stimme. *Jetzt klingt meine eigene Stimme wie die des Anrufers*, dachte sie.

»Wer ist da?«, wiederholte sie, am Rand der Panik.

Schweigen. Das Phantom trat an ihr Bett, ein Kopf beugte sich dicht über ihr Gesicht.

»Chris – was machst du in meinem Zimmer?«, schrie sie.

Sein Gesicht schwebte über ihrem. Sein Grinsen wurde breiter und seine Augen brannten sich in ihre. »Das ist jetzt kein Scherz«, sagte er.

»Oh, Chris? Was willst du von mir?«, schrie Karen.

»Das ist jetzt kein Scherz«, wiederholte Chris.

Dann sah Karen die im Zwielicht schimmernde Klinge – und erkannte das große Küchenmesser in Chris' Hand, die er nun langsam hob.

»Chris – bitte!«, flehte Karen mit letzter Kraft.

Die schimmernde Klinge senkte sich, berührte fast ihre Kehle.

Wenn sie sich nur bewegen, sich aufsetzen und fliehen könnte...

Doch das Gewicht drückte sie unbarmherzig nieder, zwang sie, den Anblick der schimmernden Klinge und das erschreckende, starre Grinsen ihres Bruders wie gelähmt zu ertragen.

»Chris...?«

Plötzlich wich ihr Bruder zurück und sein Gesicht verschmolz mit dem eines Phantoms.

Und Karen erkannte zu ihrem Entsetzen, dass er nicht allein war. Viele Phantome bewegten sich stumm. Andere Gesichter tauchten auf.

»Adam!«, flüsterte sie. »Adam – bist du auch da?«

Neben Adam sah sie Ethan. Und Jake. Und Micahs blonden Lockenkopf. Auch Micah war erschienen. Chris und Adam und Ethan und Jake und Micah – sogar Wendy!

Ihre Gesichter wurden von einem silbernen Schimmer beleuchtet. Den Schimmern breiter Messerklingen.

Alle hatten Küchenmesser in den Händen. Die Klingen schwebten über Karen, leuchteten heller und heller, bis Karen den Blick abwenden und die Augen vor dem grellen Licht schließen musste.

»Seid ihr alle gekommen, um mich zu töten?«, keuchte sie gelähmt vor Angst.

»Das ist kein Scherz mehr«, sagte Chris. »Dieses Mal ist es Ernst.«

Nein, das stimmt nicht, wusste Karen plötzlich. Das ist nur ein Traum.

Wenn sie die Augen öffnete, würden die Gesichter, die Messer und die Phantome verschwinden.

Es ist nur ein Traum. Wenn auch ein schrecklicher Traum, sagte sie sich.

Sie öffnete die Augen und setzte sich auf.

Sie hatte Recht gehabt. Verstört starrte sie in die Stille der Nacht. Ich hatte einen bösen Traum. Nichts als einen bösen Traum.

Doch bis zum Morgengrauen starrte sie blicklos voller Angst an die Decke, weil sie den Schlaf mit einem neuen Albtraum fürchtete.

14

Ein paar Tage später traf sie Ethan in der Schule vor dem Speisesaal. »Wie geht's denn so?«, fragte er fröhlich. »Hast du die Prüfungen zum Schulhalbjahr mit Glanz und Gloria bestanden?«

»Ich glaube schon«, entgegnete Karen, bückte sich und hob einen Cent auf. »He, sieh mal, was ich gefunden habe. Bringt eine Münze, die man findet, nicht Glück?«

Da merkte sie, dass Ethan sich bereits abgewandt hatte, weil Jake plötzlich aufgetaucht war. Karen steckte den Cent in ihre Jeanstasche.

»He, Mann, wo hast du gesteckt?«, fragte Jake mit seiner rauen Quäkstimme, nachdem er Ethan mit einem Handschlag begrüßt hatte. »Ich habe dich seit Tagen nicht mehr gesehen.«

Ethans Wangen färbten sich rosig. »Na ja, ich habe viel Zeit mit Karen verbracht«, erklärte er.

Karen sah, dass Jake sie kalt anstarrte. *Er kann mich nicht leiden!*, wurde ihr klar. Die Erkenntnis kam überraschend, denn sie kannte Jake länger als Ethan.

Doch bis zu diesem Augenblick hatte sie nicht gemerkt, dass Jake sie nicht mochte.

»Wie wär's mit einem Happen zum Lunch?«, fragte Jake, an Ethan gewandt.

Ethan sah Karen an. »Nein. Nicht heute. Karen und ich…«

»Okay. Bis später«, erwiderte Jake schulterzuckend und latschte gemächlich mit seinen langen Grashüpferbeinen davon.

»Wenn du lieber mit Jake zum Lunch gehen möchtest…«, fing Karen an.

»Nein, vergiss es. Hast du etwas zu essen mitgebracht oder willst du dir was kaufen?«

Ehe Karen antworten konnte, spürte sie, wie ihr jemand auf den Rücken klopfte. Sie drehte sich um. Jessica Forrest, eine Mitschülerin stand vor ihr.

»Karen, da ist ein Anruf für dich«, sagte Jessica. »Im Büro des Rektors.«

»Was? Ein Anruf? Wer ruft mich denn in der Schule an?«, wollte Karen wissen.

»Das weiß ich nicht«, entgegnete Jessica kopfschüttelnd. »Während der Mittagspause arbeite ich im Büro. Mir wurde nur aufgetragen, dich zu suchen.«

Karen spürte, wie ihr Herz einen Satz machte. Das Blut pochte in ihren Schläfen.

Wer könnte im Büro des Rektors angerufen und verlangt haben, sie zu sprechen? Ging es um ihre Mom? Hatte sie einen Unfall gehabt? War etwas Schreckliches passiert?

»Ich halte dir einen Platz frei«, sagte Ethan und deutete in Richtung Speisesaal.

Karen hörte kaum hin. Beängstigende Vorstellungen schwirrten ihr durch den Kopf, als sie zum Büro des Rektors folgte.

Als Jessica stehen blieb und mit ein paar Kids redete, eilte Karen im Laufschritt an ihr vorbei.

Außer Atem kam sie im Büro des Rektors an und

schnappte sich den Telefonhörer am Ende des langen Tresens.

»Ich kann dich sehen, Karen«, krächzte die kehlige Stimme in ihr Ohr. *»Ich stecke in deinem Kopf. Ich bin dein schlimmster Albtraum. Ich werde dich töten.«*

Karen öffnete den Mund, brachte aber keinen Ton heraus.

Der Hörer in ihrer Hand zitterte.

Wer tut mir das an?, fragte sie sich. Will mich jemand nur erschrecken? Oder will mich jemand umbringen? Und wer ist das? *Wer?*

Wieder versuchte sie etwas zu sagen, aber da war die Leitung tot. Das Freizeichen tutete in ihr Ohr.

»Benutz dieses Telefon nicht!«, rief ihr eine Frau zu.

»Was?« Karen ließ den Hörer auf die Gabel fallen.

»Nimm dieses Telefon nicht, Karen.«

Karen drehte sich mit klopfendem Herzen um. Mrs. Ferguson, die Sekretärin des Rektors, deutete mit dem Finger auf den Apparat. »Wie? Was ist denn damit, Mrs. Ferguson?«, fragte Karen mit zitternder Stimme.

»Du musst ein anderes Telefon nehmen«, erklärte Mrs. Ferguson. »Dieser Apparat funktioniert nicht, Karen. Er ist kaputt.«

Warum funktioniert das Telefon nicht?, fragte sich Karen und starrte den Apparat an. Ich habe doch gerade diese entsetzliche Stimme gehört. Also funktioniert es!

Das habe ich mir nicht eingebildet! Nein!, sagte sich Karen.

Mit einem verzweifelten Aufschrei drehte sie sich

um und stürzte zur Tür des Büros. Mrs. Ferguson rief ihr besorgt etwas hinterher, aber Karen reagierte nicht.

Draußen, in der überfüllten Halle, drängten sich die Kids, die vom Lunch kamen und zur fünften Unterrichtsstunde in ihre Klassenzimmer gingen. Karen wandte sich zuerst nach links, dann nach rechts – sie wusste nicht, wohin –, und rannte direkt in Adam.

»Hey…!«, rief Adam überrascht und ließ seine braune Lederaktenmappe fallen.

»Adam?« Sein erstauntes Gesicht verschwamm vor ihren Augen. Der Boden schien sich unter ihren Füßen zu heben. Karen wich schwer atmend an die Wand zurück und wartete, bis sie wieder einen klaren Kopf bekam. »Adam, was machst du denn hier?«

»Hast du vergessen, dass ich hier zur Schule gehe?«, blaffte er zurück und starrte sie durch seine schwarzgeränderte Brille an. »Was ist mit dir los, Karen? Du siehst schrecklich aus!«

»Ich… ich fühle mich nicht wohl«, sagte sie und massierte sich mit beiden Händen die Schläfen. »Mir ist schlecht.«

»Mom hat mir ihr Auto geliehen!«, überschrie Adam den Lärmpegel aus zuknallenden Spindtüren und schreienden Stimmen. »Soll ich dich nach Hause fahren?«

»Ähm… jaa«, entgegnete Karen spontan. »Danke, Adam. Mir ist wirklich kotzübel.« Noch immer sah sie sein Gesicht als verschwommenen Fleck. »Bekommst du keinen Ärger, wenn du den Unterricht schwänzt, weil du mich schnell nach Hause bringst?«

Er schüttelte den Kopf. »Ich fahre dich schnell heim und bin in fünf Minuten zurück. Außerdem ist die nächste Stunde sowieso nicht wichtig.«

Karen ging mit unsicheren Schritten durch die Halle zu ihrem Spind und nahm ihre Jacke und ihre Bücher heraus. Dann ging sie zum Schüler-Parkplatz.

Ein paar Sekunden später saß sie neben Adam in dem alten Honda Civic seiner Mutter. Es war ein nasser, grauer Tag. Bis auf ein paar große Flecken war der Schnee größtenteils geschmolzen.

Als Adam vom Parkplatz fuhr, drehten die Räder auf einer kleinen Eisplatte durch. Er trommelte mit beiden Händen nervös einen schnellen Rhythmus aufs Lenkrad.

»Geht's dir besser?«, fragte er, hielt den Blick jedoch geradeaus auf die Straße gerichtet.

»Ein bisschen«, entgegnete Karen und presste ihre heiße Stirn gegen die kühle Fensterscheibe. »Ich muss Dr. Rudman anrufen.«

Adam dachte eine Weile über ihre Antwort nach, ehe er sagte. »Was hast du denn für Probleme?«

»Es sind diese Anrufe«, sagte Karen leise. »Ich... ich habe ganz entsetzliche Drohanrufe bekommen. Und dieses Mal wirkliche Anrufe.«

Ohne zu reagieren, bog Adam in die Fairfield Street ein.

»Eben erhielt ich einen Anruf im Büro des Rektors. Diese schreckliche Stimme... Ich weiß nicht, wer das sein könnte. Er sagte, er werde mich töten.«

Adam warf ihr einen Blick zu und schaute dann schnell wieder nach vorn.

»Aber dann hat mir Mrs. Ferguson erklärt, das Telefon funktioniere nicht, es sei kaputt«, fügte Karen mit einem Seufzer hinzu.

»Wow!« Adam summte leise vor sich hin.

»Du glaubst mir nicht, wie?«, warf ihm Karen vor.

»Tja…«

»Niemand glaubt mir«, sagte Karen wütend. »Auch du hältst mich für verrückt, nicht wahr, Adam?«

»Nein. Natürlich nicht«, protestierte er.

»Diese Anrufe erfinde ich nicht«, sagte Karen. »Nein. Die sind echt. Jemand will mir wirklich Angst einjagen. Die anderen Anrufe habe ich erfunden, das gebe ich zu. Wie konnte ich nur so blöd sein? Aber diese Anrufe sind Wirklichkeit, Adam.«

»Über ein kaputtes Telefon?«, wandte Adam ein.

Karen sank in sich zusammen.

Adam hält mich für verrückt. Er glaubt, ich hätte Wahnvorstellungen oder würde Stimmen hören oder sonst was. Ich bin nicht verrückt. Ich bin *nicht* verrückt! Doch ihr wurde bewusst, dass sie verzweifelt versuchte, sich *selbst* zu überzeugen.

»Na ja, sobald ich zu Hause bin, rufe ich Dr. Rudman an«, sagte sie mehr zu sich als zu Adam.

»Gute Idee«, murmelte Adam.

»Warum hältst du hier?«, rief Karen plötzlich erschrocken und starrte ihren Cousin scharf an.

»Weil du hier zu Hause bist«, entgegnete er und deutete durch die Windschutzscheibe nach draußen.

»Oh!« Karen fühlte, wie ihre Wangen heiß wurden. »Entschuldige bitte. Heute bin ich wirklich ein Nervenbündel.« Sie stieß die Autotür auf. »Danke, dass du mich heimgebracht hast, Adam. Das war echt nett von dir.«

»Hoffentlich bist du okay«, sagte Adam.

»Du glaubst mir nicht, wie?«, platzte Karen heraus und tat sich plötzlich selber Leid. »Du denkst, ich erfinde diese Anrufe.«

Adam hob seine schmalen Schultern. »Ich weiß nicht, was ich denken soll, Karen.« Und dann verengten sich seine Augen hinter der Brille, als er hinzufügte. »Manchmal höre ich auch Stimmen.«

»Adam…«

»Manchmal höre ich sie spät abends«, redete er mit ernstem Gesicht weiter.

»Adam, bitte…«, flehte Karen. »Ich gehe jetzt wohl besser rein, okay? Nochmals vielen Dank.« Sie stieg aus und knallte die Autotür zu.

Er ist total verrückt, dachte sie und lief zur Hintertür. Total verrückt.

Karen schloss auf und ging ins Haus. In der Küche hing der abgestandene Geruch von gebratenen Eiern mit Speck. Das schmutzige Frühstücksgeschirr lag noch in der Spüle.

»Ist jemand zu Hause?«, rief sie.

Natürlich nicht. Chris war auf dem College und ihre Mutter arbeitete.

Karen ließ den Ranzen fallen, ging zum Kühlschrank und nahm eine Dose Cola heraus.

Es war ein seltsames Gefühl, mitten am Tag durch das stille, leere Haus zu gehen. Sie kam sich wie ein

Eindringling vor, so als würde sie nicht hierher gehören.

Verrückte Idee.

Ich rufe jetzt wohl besser Dr. Rudman an, dachte sie unglücklich.

Da läutete das Wandtelefon in der Küche. Ein schrilles Geräusch in der bedrückenden Stille. Vor Schreck hätte Karen beinahe die Cola-Dose fallen lassen.

Wieder schrillte der Apparat.

Von Grauen gepackt stand Karen mitten im Raum und starrte wir hypnotisiert das rote Telefon an der Wand an.

War das der Mann, der sie zu ermorden drohte? Beobachtete er sie wirklich? War er ihr nach Hause gefolgt? Sollte sie den Hörer abnehmen?

Beim dritten schrillen Läuten riss Karen den Hörer von der Gabel und presste ihn ans Ohr. »Hallo«, flüsterte sie heiser vor Angst.

»Karen? Du bist zu Hause?«

»Ethan!«, stieß sie erleichtert hervor. »Ethan, entschuldige, aber...«

»Ich habe auf dich gewartet«, unterbrach er sie. »Vorm Speisesaal. Was ist los?«

Karen hörte lautes Geschrei im Hintergrund, Spindtüren, die zugeknallt wurden und Gelächter. Offensichtlich rief Ethan vom Münzfernsprecher vor der Bibliothek an.

»Ich... ich habe wieder einen dieser Anrufe bekommen«, stammelte sie ins Telefon. »Es war schrecklich. Dieselbe raue Stimme, die mich wieder mit dem Tod bedrohte.«

»Das ist ja furchtbar«, murmelte Ethan teilnahmslos.

»Du glaubst mir wohl nicht?«, fragte Karen zitternd. »Ich habe den Anruf nicht erfunden. Ich werde bedroht. Ich werde wirklich bedroht. Glaubst du mir nun oder nicht?«

Ethan schwieg.

Nur die Hintergrundgeräusche drangen an Karens Ohr, sie schienen noch lauter zu werden. Dann schrillte die Glocke.

»Ich muss jetzt aufhören«, sagte Ethan. »Es hat gerade geläutet. Ich habe mir große Sorgen um dich gemacht und deshalb…«

»Glaubst du mir?«, fragte Karen noch einmal und versuchte, nicht so verzweifelt zu klingen.

»Ich rufe dich später wieder an. Jetzt muss ich mich beeilen. Am besten telefonierst du mit Dr. Rudman, okay?«, empfahl Ethan ihr und legte auf.

Karen stand wie versteinert da und presste noch immer den Hörer an ihr Ohr, aus dem monoton das Freizeichen piepte.

Er glaubt, dass ich auch diese Anrufe erfinde, dachte sie verbittert.

15

Am nächsten Morgen hatte Karen Angst davor, zur Schule zu gehen. Würden die Kids über sie reden? Hatte das Gerücht inzwischen die Runde gemacht, dass sie unheimliche Stimmen an kaputten Telefonen hörte? Sie war derart geistesabwesend und mit den absonderlichsten Gedanken beschäftigt, dass sie erst vor der Haustür merkte, dass sie vergessen hatte, ihre Daunenjacke anzuziehen.

»Ich glaube, jetzt fange ich *wirklich* an, wirr im Kopf zu werden!«, sagte sie laut und lief ins Haus zurück.

Erst kurz vor Unterrichtsbeginn kam sie in der Schule an und ging schnell ins Sekretariat, um die von ihrer Mutter geschriebene Entschuldigung abzuliefern.

Die beiden Sekretärinnen diskutierten gerade über die Eigenschaften von Bleistiften, als Karen vor den Tresen trat. »Bleistift Nummer zwei ist weicher als Nummer drei«, sagte Mrs. Ferguson.

»Die Nummern stehen nicht für Härte oder Weichheit der Stifte, sondern ob sie heller oder dunkler schreiben«, behauptete die andere Sekretärin.

»Mrs. Ferguson?«, rief Karen und schwenkte ihre Entschuldigung. »Bitte, verzeihen Sie die Störung, aber…«

Mrs. Ferguson ging zum Tresen. »Guten Morgen, Karen.«

»Meine Entschuldigung«, murmelte Karen und gab ihr das Schreiben.

Mrs. Ferguson faltete den Brief auseinander und überflog ihn flüchtig. Dann sah sie Karen an. »Ich muss mich bei dir entschuldigen«, sagte sie und legte den Brief beiseite.

»Ja? Wofür denn?«

»Für gestern«, antwortete Mrs. Ferguson. Sie deutete auf das Telefon, das am Ende des Tresens stand. »Der Apparat war nicht kaputt. Er funktionierte drei Tage lang nicht, wurde aber gestern Morgen repariert. Nur hat mir das niemand gesagt.« Sie lächelte Karen an. »Entschuldige bitte.«

»Das ist schon okay«, antwortete Karen.

Die Glocke schrillte und Karen lief schnell zu ihrem Klassenzimmer.

Das Telefon war also intakt gewesen. Aber diese Tatsache stimmte sie keineswegs fröhlich, denn sie bedeutete nur eins: *Der Anruf war Realität!*

Die Drohung war Realität.

Jemand versucht, mir eine höllische Angst einzujagen, wurde Karen bewusst. Jemand will mich verängstigen – oder töten! Aber wer?

Die Gänge waren leer, denn sie kam zu spät. Ihre Schritte hallten auf den langen Fluren wider. Als eine Klassentür zugeschlagen wurde, schrak sie zusammen.

Sie bog um die Ecke, weil sie ihre Jacke im Spind aufhängen wollte – da packte sie jemand von hinten.

Karen schrie auf, ihre Stimme hallte laut auf dem Flur.

Ein hässliches Lachen dröhnte in ihren Ohren. Sie drehte sich blitzschnell um.

»Chris! Du Idiot!«

Ihr Bruder grinste sie an. Er freute sich, weil er ihr so viel Angst eingejagt hatte.

»Chris – was hast du hier zu schaffen?«, fragte sie wütend.

»Ich dachte, das könntest du vielleicht gebrauchen«, sagte er, noch immer grinsend, und hielt ihre Schultasche in die Höhe.

»O nein!«, stöhnte Karen. »Ich habe heute früh schon vergessen, meine Jacke anzuziehen. Und jetzt noch das!« Sie nahm ihm die Tasche ab.

»Irgendwie bist du total verhuscht im Moment, oder?«, neckte er sie.

»Vielen Dank, dass du mir meine Sachen gebracht hast«, sagte Karen, fügte aber schnell hinzu: »Trotzdem hättest du mich aber nicht zu Tode erschrecken müssen.«

»Und warum nicht?«, erwiderte er lachend, winkte ihr zum Abschied zu und verschwand.

Karen sah ihm nach und schüttelte verständnislos den Kopf. Warum nur macht es ihm so viel Spaß, mir immer wieder Angst einzujagen? Er verpasst keine Gelegenheit...

Da wurde eine Tür zugeschlagen und riss sie aus ihren Gedanken.

Sie hängte ihre Jacke in den Spind, warf sich die Tasche über die Schulter und rannte zu ihrem Klassenzimmer.

16

Karen umschlang Ethans Hals mit beiden Händen und zog sein Gesicht dicht vor ihres.

Sie küssten sich. Es war ein langer, süßer Kuss. Und während sie sich küssten, streichelte sie sein dunkles, seidiges Haar.

Nach dem Kuss seufzte sie zufrieden und lehnte ihren Kopf an seine Brust. Noch nie habe ich mich ihm so nahe gefühlt, dachte Karen glücklich und kuschelte sich an ihn. Was Ethan wohl in diesem Moment denkt?, fragte sie sich.

Die beiden saßen auf der Couch. Eine einzelne Lampe verströmte ein gedämpft anheimelndes Licht im Wohnzimmer.

Schade, dass wir keinen offenen Kamin haben, überlegte Karen verträumt und hob den Kopf in Erwartung noch eines Kusses.

Aber Ethan stand plötzlich auf.

»Wo willst du hin?«, fragte sie überrascht.

»Zu Jake«, murmelte Ethan. »Ich habe ihm versprochen, ihn heute Abend noch zu besuchen.« Er warf einen Blick auf die Schreibtischuhr.

»Zu Jake? Warum verbringst du seit kurzem so viel Zeit mit Jake?«, fragte Karen frustriert.

»Er ist mein Freund – solltest du das vergessen haben?«, antwortete Ethan ungehalten.

Karen sprang auf und umklammerte Ethan. Sie

streichelte ihn und schmiegte ihr Gesicht an sein weiches Haar. »Bitte, bleib doch hier!«, bat sie ihn flüsternd.

Ethan löste sich sanft aus ihrer Umarmung und sah sie an. »Ich habe Jake versprochen zu kommen. Wirklich.«

»Ich... ich möchte heute Abend nicht allein sein«, entgegnete Karen kläglich.

»Tut mir Leid«, entgegnete er und senkte den Blick.

»Darf... darf ich dich bei Jake anrufen?«, fragte sie.

»Na ja«, entgegnete er zögernd. »Vielleicht gehen wir noch aus.«

»Ethan – du, du glaubst mir doch, dass diese letzten Anrufe echt waren?«, stammelte sie. Eigentlich hatte sie darüber nicht reden wollen. Aber das Gefühl, dass Ethan an ihr zweifelte, hatte sie den ganzen Abend über beschäftigt.

»Hmm... jaaa«, antwortete er und zupfte an seinem kleinen silbernen Ohrring. »Ich glaube dir.«

Doch Karen war sich nicht sicher, ob das wirklich stimmte.

»Hast du eine Idee, wer hinter diesen Drohanrufen stecken könnte?«, fragte sie.

Ethan war schon auf dem Weg zur Haustür. »Irgend so ein Dreckskerl, nehme ich an«, antwortete er.

»Ein Dreckskerl«, wiederholte sie und ging hinter ihm her.

Im Flur drehte er sich um und sagte. »Warum glaubst du, dass es jemand ist, den wir kennen?

Vielleicht ist es auch ein Fremder, Karen. Jemand, der einfach eure Telefonnummer wählt. Rein zufällig.«

»Nein«, erwiderte sie und verschränkte die Arme vor ihrem roten Pullover. »Nein. Das ist Quatsch. Wer auch immer dahinter steckt, kennt meinen Namen und hat die Nummer nicht zufällig gewählt, Ethan. Ich wurde sogar in der Schule angerufen. Hast du das vergessen? Dieser Typ *kennt* mich!«

»Ja. Da hast du wohl Recht«, sagte er beschwichtigend und nahm seine Jacke vom Treppengeländer. »Ruf mich an, wenn du mich brauchst.«

Sie wollte ihm noch einen Gutenachtkuss geben, aber da war er schon zur Tür hinaus.

Wieder oben in ihrem Zimmer, versuchte Karen zu lernen. Aber der Text in ihrem Schulbuch verschwamm zu einem dunklen Fleck.

Ich bin so einsam, dachte Karen, an ihrem Schreibtisch sitzend, den Kopf in die Hände gestützt. Ich brauche einen Freund oder eine Freundin. Vielleicht sollte ich mich wieder mit Micah versöhnen. Vielleicht ist jetzt die Zeit gekommen, spann sie den Gedanken weiter – ein Vorsatz, den auch Dr. Rudman in Betracht gezogen hatte.

Denn Micah und sie waren ein Jahr lang enge Freundinnen gewesen. Gemeinsam hatten sie immer über alle ihre Probleme miteinander reden können.

»Micah«, sagte Karen laut. »Micah. Micah.« Was für ein schöner Name.

Sie warf einen Blick auf ihre Schreibtischuhr. Fast zehn. Noch nicht zu spät für einen Anruf.

Ich rufe sie an und entschuldige mich, beschloss Karen.

Doch noch ehe sie ihren Entschluss in die Tat umsetzen konnte, läutete das Telefon. Schon beim ersten Läuten nahm sie den Hörer ab. »Hallo?«

»Karen, hier spricht alles Schlimme, was du dir vorstellen kannst«, flüsterte die raue Stimme in ihr Ohr. *»Ich stecke in deinem Kopf. Fühlst du mich dort?«*

»Nein!«, rief Karen wütend. »Lass mich in Ruhe! Verschwinde! Hörst du mich?«

»Aber ich stecke doch in deinem Kopf, Karen«, drohte die fürchterliche Stimme. *»Ich kann dich nicht in Ruhe lassen, denn ich werde dich töten. Vielleicht schon heute Abend!«*

Karen wollte gerade wieder schreien – unterdrückte diesen Impuls aber, denn sie hörte ein Geräusch. Ein Geräusch, das die raue Stimme nicht überdecken konnte.

Ein eigenartiges Geräusch.

Karen lauschte angestrengt – und hörte es wieder, klar und deutlich.

Und jetzt wusste sie, wer der Anrufer war.

Mit pochendem Herzen schlüpfte Karen in ihre Jacke und lief zum Wagen in der Einfahrt. Die Nacht war klar und kalt. Am dunklen Himmel schimmerte die Sichel des bleichen Halbmonds und weiße Flecken verharschten Schnees glänzten im fahlen Licht.

Der blaue Corolla sprang sofort an, doch die Windschutzscheibe war vereist.

Ungeduldig versuchte sie, die Eisschicht mit Hilfe der Scheibenwischer zu entfernen, aber das funktionierte nicht. Laut murrend stieg sie aus dem Wagen und säuberte die Scheibe mit einem Kratzer.

»Ich hasse den Winter!«, rief sie.

Sie stieg wieder ins Auto, schaltete die Scheinwerfer ein und fuhr los.

Ich kann es nicht fassen!, dachte sie.

Ich kann es wirklich nicht fassen!

Aber sie wusste, dass ihre Vermutung zur Gewissheit werden würde. Sie wusste, wer sie angerufen, sie bedroht, ihr Angst eingejagt hatte.

Jetzt musste sie nur noch herausfinden, *warum* diese Person so bösartig war.

Karen fuhr fast den ganzen Weg mit Vollgas; beachtete kein Stoppschild und merkte es nicht einmal.

»Ich kann nicht fassen, dass jemand, der mir so nahe steht, mir etwas Derartiges antun kann!«, sagte sie laut.

Dann merkte sie plötzlich, dass ihre Hände schmerzten, so fest umklammerte sie das Lenkrad.

Mit einem wütenden Schrei riss sie das Steuer herum und bog in die Jefferson Street ein.

Die meisten Häuser waren schon dunkel, wie sie sah, obwohl es erst Viertel nach zehn war.

Häuser, Gärten und die winterlichen Bäume glitten schattenhaft verschwommen an ihr vorüber. Kurz darauf kam auf der Hügelkuppe, von wo aus sie Ethan beobachtete hatte, das im Ranch-Stil gebaute Haus seiner Eltern in Sicht.

Mit dem Gefühl aufsteigender Wut trat Karen auf die Bremse, um die Geschwindigkeit des Wagens zu verringern, und ließ – den Blick starr auf Ethans Elternhaus gerichtet, das sich dunkel hinter dem flachen Rasen abzeichnete – den Corolla vor der Zufahrt ausrollen. Ihre Beine zitterten.

Ihr ganzer Körper zitterte und bebte.

Bebte vor Wut. Vor tiefster Kränkung.

Wie kann mir jemand, der mir so nahe steht, derart Angst einjagen?

Auf diese Frage musste sie eine Antwort bekommen.

In Ethans Zimmer brannte Licht.

Ist er nicht mehr bei Jake?, fragte sich Karen. Ist er jetzt zu Hause?

Ethan, Ethan, Ethan dröhnte es in ihrem Kopf.

Doch die entsetzliche Frage verdrängte Ethans Namen: Wie kann mir jemand, der mir so nahe steht, derart Angst einjagen?

Karen atmete tief durch, hielt die Luft an und fuhr an Ethans Haus vorbei. Und an dem Nachbarhaus. Und an dem angrenzenden leeren Grundstück.

Dann bog sie scharf nach rechts ab in die lange Zufahrt auf der gegenüberliegenden Straßenseite.

Eine dünne Schneeschicht bedeckte den weitläufigen Garten. Die Lampe über der Veranda warf fahles Licht auf die grauen Schindeln der Hausfront.

Die kahlen Bäume wiegten sich sanft in einem leichten Wind. Was flüsterten die Äste ihr zu?, fragte sich Karen.

Rieten sie ihr, umzukehren?

Karen schloss leise die Autotür und lief zum Haus.

Was tue ich hier?, fragte sie sich und eilte mit zitternden Beinen weiter.

Was soll ich tun? Was soll ich sagen?

Atemlos lehnte sie sich an die Tür des Windfangs und presste beide Hände gegen das Glas.

Sie sah, dass die Haustür einen Spalt offen stand, durch den ein heller gelber Lichtschein fiel.

Entschlossen packte sie die Klinke der Glastür und öffnete sie. Lauschte.

Stille.

Hinter ihr, auf der Straße, fuhr ein Auto vorbei.

Karen stieß die Haustür nur so weit auf, dass sie durchschlüpfen konnte.

Was jetzt? Was sage ich? Was tue ich?

Das Wohnzimmer war hell erleuchtet. Im Kamin knisterte ein Feuer. Alle Lampen brannten. Die weißen Ledersofas mit dem Chromgestänge schienen im grellen Licht zu leuchten.

Ein riesiges gerahmtes Poster von Clark Gable und Vivien Leigh in *Vom Winde verweht* hing an der Wand, dem Fenster gegenüber.

Karen hatte dieses Poster seit jeher geliebt, hatte Clark Gables Stärke bewundert, als er Vivien Leigh die Treppe hinauftrug.

Aber jetzt erfüllte dieser Anblick sie mit Abscheu.

Sie hasste dieses Bild, hasste die modernen Möbel, hasste das Zimmer, hasste das ganze Haus.

Warum bin ich hier? Was soll ich sagen? Was soll ich tun?

Da entdeckte Karen ihre Freundin Micah; vor

Überraschung stockte ihr der Atem, und sie blieb wie erstarrt an der Wand stehen.

Micah saß mit dem Rücken zu Karen auf einem niedrigen weißen Ledersofa vor dem Fenster. Sie trug einen weiten Pullover und hielt mit einer Hand ein schnurloses Telefon an ihr Ohr. Die andere Hand spielte mit den Strähnen ihres dicken blonden Haars.

Den Rücken an die Wand gepresst und mit wackligen Knien starrte Karen ihre ehemalige Freundin an.

Was soll ich zu ihr sagen? Was soll ich tun?

»Micah!«, schrie sie dann plötzlich, ohne sich dessen bewusst zu sein. »Micah... ich weiß, dass du es bist, die mich bedroht hat!«

Micah schnappte vor Überraschung nach Luft und ließ das Telefon auf den weißen Plüschteppich fallen. Taumelnd sprang sie vom Ledersofa auf, die grünen Augen vor Entsetzen weit aufgerissen. »Wie bist du reingekommen?«, rief sie.

Karen ignorierte die Frage und ging auf Micah zu. »Ich weiß, dass du es warst!«, wiederholte sie mit einer so gepressten, so wütenden Stimme, dass sie ihr selbst fremd vorkam. »Warum, Micah? Warum hast du mir das angetan?«

»Was soll das? Woher willst du wissen, dass ich es war?«, fauchte Micah zurück, jetzt ebenfalls wütend und nicht mehr schockiert. »Wie willst du das wissen, Karen? Du hast keine Beweise.«

»Ach, Micah«, schluchzte Karen. »Ich habe das Glockenspiel gehört. Die Uhr hat zehnmal geschlagen. Hinter deiner Flüsterstimme habe ich diese blöden Glocken gehört.«

Micah machte den Mund auf, aber kein Laut kam über ihre Lippen. »Na, und wenn schon«, brachte sie schließlich achselzuckend hervor. Doch ihr Gesichtsausdruck blieb hart und ihre Augen fixierten Karen misstrauisch.

»Warum hast du das getan?«, bohrte Karen weiter und machte ein paar Schritte auf Micah zu. »Sag mir, warum.«

Micah wich zurück, bis sie vor dem lodernden Feuer am Kamin stand. Die Arme an die Seiten gepresst, ballte sie die Fäuste. »Wie blöd du doch bist, Karen«, murmelte sie verächtlich.

»Keine Beschimpfungen, bitte«, entgegnete Karen scharf. »Ich will nur eine Erklärung von dir. Erklär mir einfach, warum du das getan hast.«

»Wegen Ethan, natürlich«, entgegnete Micah mit einem höhnischen Grinsen. Mit einer Hand warf sie ihr Haar provozierend in den Nacken.

»Was? Wegen Ethan?«

Micah lachte spöttisch. »Heißt das, du *wusstest* nichts von Ethan und mir? Du hast nicht gewusst, dass Ethan mit dir Schluss machen wollte, damit er und ich…?«

»Aber ich dachte, es sei Wendy …«, warf Karen ein.

Micah schüttelte den Kopf. »Für Wendy hat er sich nie interessiert«, sagte sie leise, nahm den eisernen Schürhaken vom Ständer und stocherte damit im Feuer herum. »Karen, warum, glaubst du, habe ich so viel Zeit mit Jake verbracht? Damit ich mit Ethan zusammen sein konnte. Ethan und ich haben uns immer bei Jake getroffen. Du konntest doch unmöglich annehmen, ich sei an Jake interessiert – oder?«

»Ich... ich wusste nicht nichts davon«, entgegnete Karen kläglich.

»Aber du hast alles ruiniert. Hast alles kaputtgemacht«, sagte Micah emotionslos und stieß den Schürhaken heftig in die Glut.

»Ich habe eure Beziehung zerstört?«

»Ja. Mit deinen blöden erfundenen Anrufen«, entgegnete Micah bitter. Ihre grünen Augen funkelten wütend im flackernden Widerschein des Feuers.

»Aber, Micah...«, wandte Karen ein.

»Halt den Mund!«, schrie Micah. »Du hast alles kaputtgemacht. Nachdem du diese Geschichte mit den Anrufen erfunden hattest, empfand Ethan plötzlich Mitleid mit dir und bekam Schuldgefühle. Er hat es nicht fertig gebracht, sich von dir zu trennen, weil es dir so schlecht ging.«

»Ich weiß...«, sagte Karen.

Wieder schnitt Micah Karen das Wort ab. »Halt endlich den Mund! Verdammt noch mal, halt den Mund, Karen!« Wütend stocherte sie so heftig im Feuer, dass glühende Funken durch die Luft flogen. »Nachdem du angefangen hast, diese blöden Anrufe zu erfinden, habe ich Ethan nicht mehr getroffen. Die ganze Zeit war er bei dir. Jeden Abend. Jedes Wochenende. Du hast ihm ja so Leid getan.«

Micah verzog angewidert das Gesicht. »Du bist eine Lügnerin und Betrügerin, Karen. Eine verdammte Lügnerin! Du hast diese Anrufe nur erfunden, um Ethan an dich zu binden. Du hast mir alles kaputtgemacht! Alles!«

»Aber, Micah... du warst doch meine Freundin!«, protestierte Karen vehement. »Jedenfalls dachte ich das.«

»Ich habe versucht, dich zu warnen«, sagte Micah. »Deswegen habe ich dich besucht. Um dir zu sagen, Ethan sei deiner Zuneigung nicht wert.« Sie schüttelte verbittert den Kopf. »Aber natürlich hast du nicht auf mich gehört.«

»Und dann hast du angefangen, mir mit diesen schrecklichen Anrufen Angst zu machen?«, schrie Karen.

»Du bist ja sowieso verrückt«, entgegnete Micah kalt. »Ich dachte, ein paar *wirkliche* Anrufe würden dir endlich den Rest geben. Ich wollte, dass Ethan merkt, wie verrückt du bist. Ich wollte, dass ihm klar wird, dass er zu mir gehört... nicht zu dir.«

»Nein!«, rief Karen, am ganzen Körper zitternd. »Nein! Nein! Nein!«

Jetzt gewann ihr aufsteigender Zorn die Oberhand. Sie stieß einen lauten Schrei aus und stürzte sich wie von Sinnen auf Micah.

Micah riss verblüfft die Augen auf und hob den glutheißen Schürhaken.

Karen wollte stehen bleiben, doch in ihrer Wut konnte sie sich nicht mehr bremsen. »Nein... bitte, tu das nicht!«, rief sie entsetzt.

Aber es war zu spät.

»Ethan gehört jetzt mir!«, schrie Micah.

Und stieß Karen den glühend heißen Schürhaken ins Herz.

Ein brennender Schmerz durchbohrte Karens Brust und sie fiel auf die Knie.

Es dauerte eine Weile, bis sie merkte, dass ihr Micah den Schürhaken gar nicht ins Herz gestoßen hatte.

Aus dem Funken sprühenden Feuer war lediglich ein Stück Glut auf ihren Pullover gefallen und hatte ein Loch hineingebrannt.

Doch Micah stand über ihr, den schwarzen Schürhaken in der erhobenen Hand. Im flackernden Schein des Feuers leuchtete ihr rotes Haar wie eine Flamme.

»Gib auf, Karen«, murmelte Micah mit schmalen, hasserfüllten Augen.

»Nein!«, schrie Karen.

Wieder übermannte sie die Wut. Blindlings streckte sie die Arme aus und umschlang Micahs Knie.

Micah schrie auf, der Schürhaken fiel ihr aus der Hand und auf den Teppich.

Karen riss Micah zu Boden, und dann kämpften die beiden Mädchen wie rasend vor dem Kamin. Keuchend und schreiend schlugen sie aufeinander ein.

Das ist verrückt! Das ist total verrückt!, begriff Karen in einem lichten Moment, aber sie konnte nicht aufhören. Sie stieß einen Schrei aus, als sich Micah unter ihr hervorwand und taumelnd auf die Beine kam.

Karen griff wieder nach ihr, doch Micah wich zurück.

Und dann sah Karen, wie Micah eine schwere weiße Lampe von einem Beistelltisch nahm. Karen rollte sich zur Seite und wollte der drohenden Gefahr ausweichen, aber Micah war zu schnell. Mit einem qualvollen Keuchen hob Micah die Lampe hoch, um sie auf Karens Kopf zu schmettern.

»Bitte…«, stieß Karen hervor und hob schützend die Hände und schloss die Augen. Zitternd wartete sie auf den Schlag, wartete auf den einsetzenden Schmerz…

Als nichts geschah, öffnete Karen die Augen – und sah Ethan, der Micah gerade die Lampe aus den Händen riss. Micah wehrte sich nicht und trat nur einen Schritt zurück.

»Ethan!«, rief Karen außer sich vor Freude.

»Was bin ich froh, dass du hier bist!«, verkündete Micah und warf sich in Ethans Arme. Dann deutete sie auf Karen. »Sie… sie wollte mich umbringen!«

»Nein…!«, protestierte Karen und stand unsicher auf.

»Sie ist total verrückt!«, sagte Micah zu Ethan. Sie deutete noch immer mit einer Hand auf Karen und hielt sich mit der anderen an Ethan fest. »Karen hat mir erzählt, dass sie Stimmen hört, Ethan. Sie sagte, diese Stimmen hätten ihr befohlen, mich zu töten! Sie ist total von der Rolle, Ethan! Karen ist hergekommen, um mich zu ermorden! Wegen der Stimmen! Wir… wir müssen ihr helfen! Wir müssen sie sofort ins Krankenhaus bringen!«

»Okay«, sagte Ethan leise.

»Okay, Micah, du kannst jetzt aufhören, mich zu belügen.«

»Was?«, fragte Micah entgeistert und starrte ihn mit offenem Mund an. Ethan stieß sie von sich und half Karen vollends auf die Beine. Dann legte er seinen Arm um ihre Taille und drückte sie fest an sich.

»Sie ist verrückt!«, behauptete Micah schrill. »Sie hört Stimmen, Ethan. Sie…«

»Jetzt reicht's«, erwiderte Ethan, immer noch leise. »Ich habe alles gehört, Micah.«

Er deutete auf das schnurlose Telefon auf dem Teppich. »Du hast mit mir telefoniert, als Karen ins Zimmer kam, erinnerst du dich? Und du hast vergessen, die Verbindung zu unterbrechen. Ich habe euer Gespräch mit angehört. Deshalb bin ich sofort gekommen.«

Micah ließ seufzend die Schultern sinken. Das Leuchten in ihren grünen Augen erlosch. »Aber, Ethan, du und ich…«

Ethan schüttelte den Kopf. »Micah, ist dir nie der Gedanke gekommen, dass ich während dieser ganzen Zeit zu Karen gehalten habe, weil ich sie wirklich liebe? Sicher, du warst hinter mir her und wolltest, dass ich mich von ihr trenne. Und eine Weile fand ich diesen Gedanken auch verlockend. Doch dann bin ich wieder zur Besinnung gekommen. Denn ich habe gemerkt, wie viel Karen mir bedeutet.«

Mit einem qualvollen Schluchzer musste sich Micah ihre Niederlage eingestehen. Voller Trauer und Verzweiflung wandte sie sich von Ethan und Karen ab.

Bis auf das Knistern des Feuers herrschte Stille im Raum.

Karen lehnte den Kopf an Ethans Schulter. Sie fühlte, wie er sie fester an sich zog.

»Höre ich etwa wieder Stimmen?«, fragte sie. »Oder hast du das wirklich gesagt?«

»*Ich* höre Stimmen, die uns raten, dass es am besten wäre, jetzt zu gehen«, entgegnete er leise. Und eng aneinander geschmiegt verließen die beiden den Raum.